ハーレクイン文庫

愛を忘れた氷の女王

アンドレア・ローレンス

大谷真理子 訳

HARLEQUIN
BUNKO

WHAT LIES BENEATH

by Andrea Laurence

Published by Harlequin Japan, a Division of K.K. HarperCollins Japan, 2024

愛を忘れた氷の女王

◆主要登場人物

シンシア・デンプシー……………広告代理店の幹部社員。

ジョージ・デンプシー……………シンシアの父。〈デンプシー・コーポレーション〉社長。

ポーリーン・デンプシー…………シンシアの母。

エマ・デンプシー…………………シンシアの妹。

ウィリアム・リース・テーラー三世……シンシアの婚約者。新聞社CEO。愛称ウィル。

アレクサンダー・スタントン……ウィルの親友。不動産開発業者。愛称アレックス。

エイドリアン・ロックハート……ファッションデザイナー。

アランとミリアム…………………エイドリアンの両親。故人。

プロローグ

「二度とこんな航空会社は使わないわ。私がこのチケットにいくら払ったか、わかってるの？　本当にふざけてるわ！」

エイドリアンが飛行機に乗りこみ、ファーストクラスの通路を通ってエコノミークラスに行こうとしたとき、甲高い叫び声が耳に飛びこんできた。その声の主も私と同じ気分らしい。もっとも、私が腹を立てている相手は自分自身で、困り果てている客室乗務員ではないけれど。夢破れて故郷に帰る私には、責める相手は自分しかいない。

叔母は私の計画に反対だった。父親の生命保険金を元手にマンハッタンでブティックを開店するのはばかげていると言った。一年も経《た》たないうちにすっからかんになってミルウォーキーに戻ってくる、と。

叔母の予言はすべての点で当たっていたわけではない。ミルウォーキーを出てからもう三年近く経つのだから。仕事もそこそこうまくいったし、ひいきにしてくれる客も少しはいた。けれど、ニューヨークで商売を続けるにはコストがかかるので、よほど大きなチャンスに恵まれないと、利益をあげるのはむずかしい。けっきょく、そんなチャンスは巡ってこなかった。

ようやく乗客の列が動きだしたので、エイドリアンは搭乗券を見て十四Bの座席を探した。目的の座席に近づくと、隣の座席に先ほど叫んでいた女性がいる。ようやく気持ちは落ち着いたようだが、顔には不愉快そうな表情が浮かんでいる。エイドリアンは飛行中に読む本を取りだしてから頭上の物入れにバッグを入れ、隣席の女性と目を合わせないようにして座席に腰をおろした。

「信じられないわ。日本人ビジネスマンのグループにファーストクラスの席を取られたと思ったら、今度は窓際の席に押しこまれるんですもの」隣席の女性が文句を言った。

「よかったら、席を替わりましょうか？」エイドリアンは女性に声をかけた。

「まあ、うれしいわ。ありがとう」たちまち女性の表情が和らいだ。

このとき初めて、エイドリアンはこの女性がとても魅力的だと気づいた。機嫌が悪くても美しい容貌はほとんどそこなわれない。にっこりしたとたん、ふっくらした唇のあいだから完璧に揃《そろ》った真っ白な歯が見えた。エイドリアンはふと母親を思いだした。艶やかなダークブラウンのストレートヘアといい、輝くグリーンの瞳といい、この女性は母親とよく似ている。私の姉と言ってもいいくらいだ。魅力的な女性は見るからに高そうなスーツを着て、ジミーチュウの最新の靴をはいている。

ふいにわきあがった嫉妬心をエイドリアンは慌てて抑えた。美しい母、ミリアム・ロックハートのひとり娘にはこの女性のほうがふさわしいのではないかしら。私は母親のファッション好きなところや裁縫上手なところを受け継いだけれど、身体的な特徴は父親から受け継いだものが多い。髪は縮れて扱いにくいし、歯並びもよくない。

エイドリアンはシートベルトをはずし、席を交換するために通路に出た。窓際の席に座るのはかまわない。正直なところ、自分の夢とともに遠ざかるニューヨークの街をよく見ておきたいのだ。

「シンシア・デンプシーよ」座席に腰をおろすや、魅力的な女性は言った。

わがままな女性というのは、ひとたび思いどおりになったら、席を替わってくれた人のことなど忘れてしまうだろう。そう思っていたエイドリアンはふいに声をかけられて驚いた。それでも、前席の背もたれのポケットに本を入れてから、隣の女性にほほえみ返す。

「エイドリアン・ロックハートです」

「いい名前ね。タイムズ・スクエアの広告板にその名前が出たらすてきじゃないかしら」

「そう言っていただくのはうれしいのですが、私は世間の注目を集めるタイプではないようですね」

飛行機が駐機場から離れていくと、シンシアは薬指にはめた大きなダイヤモンドの指輪をいじくりまわした。彼女の指はとても細いが、指輪はかなり大きい。

「近々、結婚なさるの？」

「ええ」シンシアは答えたが、意外にも晴れやかな表情は浮かばない。内緒話でもするかのようにエイドリアンのほうに体を傾ける。自分の結婚が街じゅうの噂《うわさ》になっているかのように。「五月に〈プラザ・ホテル〉でウィリアム・テーラー三世と結婚するの。彼の家族は〈デイリー・オブザーバー〉のオーナーなのよ」

それは街じゅうの噂になるだろう。今、エイドリアンとシンシアのあいだは十センチくらいしか離れていないが、ふたりには雲泥の差がある。

「誰がウエディングドレスを？」共通の話題はファッションくらいしかないので、エイドリアンはその方向に話を持っていった。

「バッジェリー・ミシュカよ」

「あのブランドはいいですね。実は、学生時代、あそこで実習社員として働いたことがあるんですよ。でも、私は働く女性の好みに合うデイリーウエアのほうが好きなんです。スポーツウエアとか組みあわせ自由な服のほうが」

「あなたはファッション業界の方？」

「数年間、ソーホーで小さなブティックを経営していたんですけど、最近、閉めなければならなくなって……」

「どこかであなたの服を見ているかしら？」

エイドリアンは自分が着ているグレーとピンクのブラウスを指さした。それは珍しい形の襟がつき、細部にステッチが施されて、いかにも彼女らしいデザインだ。「もう閉店したので、エイドリアン・ロックハートの服を見る機会はこれが最後ですよ」

「残念ね。そのトップスはいいわ。私のお友達も気に入るんじゃないかしら。ダウンタウンで成功するのは大変なのね」

三年間、エイドリアンは懸命に働き、なんとか自分の作品を世の中に送りだそうとした。雑誌に掲載されることを期待してスタイリストにサンプルを送った。影響力がある人の目に留まる機会があれば、どこにでも自作の服を着ていった。故郷に帰る飛行機のなかでそんな人に会うとはついていない。

「みなさま、当機はまもなく離陸いたします。乗務員は最終チェックを行ってください」

飛行機が誘導路を移動していくと、エイドリアンは座席の背にもたれて目を閉じた。飛行機はきらい。乱気流もきらい。離着陸時に腹部にわきあがる変な感覚もきらい。毎回、自分を安心させるための儀式を行い、タクシーのほうが危険だと自分に言い聞かせるけれど、まったく役に立たないのだ。

エンジン音が大きくなり、飛行機がスピードをあげて滑走路を走りはじめた。エイドリアンが目を開けると、シンシアはまた落ち着かなげに指輪をまわしている。彼女も飛行機が好きではないらしい。そんな様子を見てエイドリアンは少し気が楽になった。

車輪があがり、飛行機が気流に乗って上昇すると、機体が揺れた。ほんの少し揺れただけでシンシアの肘が肘かけから落ち、その拍子に指輪がはずれた。指輪は足もとの床に落ちたが、急に機体が傾いたので後方に転がっていった。

「あら、いやだ」シンシアはあたりを見まわした。

こんなことになるには最悪のタイミングだ。エイドリアンがシンシアを励まそうとしたとき、突如、耳をつんざくような音がとどろいた。その瞬間、頭のなかから指輪のことは消え去った。飛行機は激しく揺れたかと思うと、急降下していく。エイドリアンは気がおかしくなって窓の外を見た。地面がどんどん迫ってくる。

座席の肘かけをつかんで目を閉じ、機内の設備がきしむ音や乗客の叫び声を黙殺した。機長が緊急着陸のアナウンスを始めたが、その声はうわずっていた。

エイドリアンは膝のあいだに頭を入れて両脚を抱えこんだ。またしても大きな音が響いたかと思うと、照明が消えて機体が大きく傾いた。エイドリアンはかたく目を閉じた。あとは祈るしかない。

1

四週間後

「シンシア？」

どこからともなく聞こえてきた声に目を覚ましたが、体は安全な眠りの世界に留《とど》まろうとしている。あっちに行ってと声の主に言いたかった。眠っていたほうが痛みを忘れられるから幸せなの、と。ところが、その人はしつこく起きるよう言い続けている。

「シンシア、ウィルも来ているのよ」

誰かに名前を呼ばれるたびに混乱するし、いらいらする。

「あとで来たほうがいいかもしれませんね。今は休みたいのでしょう」低くてよく響く男性の声が聞こえた。すると、なぜか意識がはっきりして、思いがけず体が反応した。

「いいえ、うとうとしているだけよ。先生も看護師さんもおっしゃっているわ。起こして動きまわらせたり、話をさせたりしたほうがいい、と」

「そんなことをしてなんになるんです？　彼女は僕たちが誰なのかもわからないのに……」

「記憶はいつ戻るか知れないそうよ。話しかけることがいちばんいいんですって。むずかしいけれど、みんなでやってみなくては。シンシア、お願いだから目を覚ましてちょうだい」

　まばたきしながらなんとか目を開けた。まわりにあるすべてのものに焦点が合うまでに時間がかかった。最初に目に入ったのは頭上の照明器具、つぎに自分のほうに身を乗りだしている年配の女性。この人は誰なのかしら？　朦朧《もうろう》とする頭で考えた。この女性は私の母親、ポーリーン・デンプシーだそうだ。自分を産んだ人のことも覚えていないなんて悲しい。

　でも、すてきだ。髪はきちんと整えられている。美容院に行ったのだろう。きれいにカットされた黒髪が軽やかに揺れている。首に巻いた花柄のスカーフがブルーのパンツスーツとグリーンの目に調和している。スカーフを巻き直してあげたいけれど、骨折した腕に吊《つ》り包帯をかけているので思うように動かせない。少し巻き方を変えればスカーフが引きたつし、モダンな感じになる。でも、どうしてそう思うのかわからない。記憶喪失というのは不思議なものだ。

「ウィルもここにいるわ」母親がボタンを押してベッドを起こした。

上体が起きあがると、ベッドの足もとに座っているウィルの姿が見えた。彼は私のフィアンセだそうだ。身なりのいいハンサムな男性を見ても、にわかには信じられない。薄いブラウンの髪は短めだが、頭頂部は指が通るほどの長さがある。端整な顔は角張っているけれど、唇はふっくらしているのでつい目を引きつけられてしまう。瞳はブルー。でも、どんな色合いなのかはっきりとはわからない。それは長いあいだ目を合わせないようにしているからだ。どうしてウィルを見ると落ち着かなくなるのかよくわからない。彼の目に感情がないせいかもしれない。

何もわからない。何がわからないのかもわからない。唯一この数週間でわかったのは、フィアンセが私を好きではないらしいということだ。彼はいつも目立たないところにいて、顔をしかめて私を見つめてくる。私の言動に不審そうな顔をしたり、戸惑いの表情を見せたりするものの、私にも私の容体にも関心がなさそうだ。

フィアンセの顔ではなく、服に注意を向けてみる。いろいろな人の服装を見るのは楽しい。彼はいつものようにスーツ姿だ。今日は濃いチャコールグレーのスーツにブルーのシャツを着て、ダイヤモンド柄のネクタイを締めている。新聞社の経営者なので、見舞いに来るのは昼休み中か終業後だ。それも会議がないときにかぎられる。

「こんにちは、ウィル」やっとのことで言ったが、思うように言葉が出てこない。顔に施されたさまざまな手術はうまくいったけれども、まだ治療は残っている。事故のせいで前歯をすべて失った。新しい歯が埋めこまれたものの、口のなかに違和感がある。

「ふたりきりにしてあげましょうね」母親が言った。「コーヒーを買ってきましょうか、ウィル？」

「けっこうです」

母親が出ていくと、ＶＩＰ専用の個室にはウィルと彼女が残された。

「気分はどうだい、シンシア？」

顔はまだ痛いし、腕はずきずきするけれど、全体としてはそれほどひどい気分ではない。最初に意識が戻ったときの痛みは今とはくらべものにならない。あのときは頭のてっぺんから爪先までどこもかしこも痛かった。顔がひどく腫れていたので、ほとんど話すこともものを見ることもできなかった。けれど、この数週間でずいぶんよくなった。「今日はだいぶいいわ、ありがとう。あなたは元気？」

ウィルは眉をひそめたが、すぐにまた無表情になった。「元気だよ。相変わらず忙しいけどね」

「疲れているようね。ちゃんと寝ているの？」

「そうでもないな。今月はずっと緊張の連続だったから……」

「これが少し必要ね」彼女は点滴の管を引っ張った。「これがあれば、十六時間、赤ちゃんのように眠ることができるわよ」

ウィルの顔がほころんだのを見て彼女は喜んだ。彼の笑顔はまだ見たことがない。ぜひ笑い声を聞いてみたい。

「そうだね」ウィルは視線を下げ、少し気まずそうな顔をした。

どんな言葉をかけたらいいのだろう？　病室には絶えず友人や家族が見舞いに来るけれど、みな、会ったことのない人ばかりだ。それでも、その人たちとのやりとりはウィルと話すときほどぎこちなくはない。

「渡したいものがあるんだ」

思いがけない言葉を聞いて元気が出た。「本当に？」

入院当初から病室は見舞いの品であふれている。マンハッタンじゅうの花や風船が届けられたかのようだ。家族はもとより、いろいろな人からいろいろなものが送られてくる。ニュースで事故のことを知った見知らぬ人からも。飛行機の墜落事故で三名の生存者のひとりになると、世間の注目を集めるものなのだ。

ウィルはポケットに手を突っこんで小さな箱を取りだした。「今週初めに航空会社から連絡があった。飛行機の残骸を調べていたらこれが見つかったそうだ。ダイヤモンドに刻みこまれたシリアルナンバーから購入者を突きとめて、僕に返してくれたんだよ」箱を開けて大きなダイヤモンドの指輪を見せた。

「きれいね」

ウィルは顔をしかめた。「きみの婚約指輪だよ」

「私の?」ぼうっとしていると、ウィルが左手の薬指に指輪をはめてくれた。ちょっときつい。折れた腕の骨を手術でつないだから指が腫れているのだろう。「この指輪は見たことがあるような気がするわ」

「よかった。それはこの世にひとつしかないものだから、見たことがあるような気がするなら、本当に見ているんだよ。宝飾店で汚れを落として、石が落ちていないか調べてもらった。きみが事故の最中になくしたのも無理はない。結婚式に備えてダイエットしていたから、ゆるくなってしまったんだね」

「今度はかなりきつくなってしまったわ。私は試合で負けたボクサーみたいね」

「心配しなくていい。まだ時間はたっぷりある。今は十月だろう。五月までだいぶあるし、そのころには完全に回復しているよ」

「五月に〈プラザ・ホテル〉で結婚するのね」なぜかそれだけはわかっている。

「少しずつ戻っているんだな」ウィルの口もとがほころんだが、目は笑っていない。彼は急に立ちあがり、指輪の箱をポケットに入れた。「今夜はアレックスと食事をする予定だから、そろそろ行くよ」

アレックスは今週、見舞いに来た。ウィルの学生時代からの友人で、かなりのプレイボーイだ。ベッドに横たわる私を見てやたらに褒めそやし、ウィルのフィアンセでなかったら奪い取りたい、などと軽口をたたいた。それはくだらない冗談だけれど、その場の雰囲気を明るくしようとする彼の心遣いには感謝した。「楽しんできてね。私の夕食はまずいチキンとライスよ」

「じゃあ、また明日」ウィルは励ますように彼女の手を軽くたたいた。

ウィルの手が触れた瞬間、彼女の背筋に震えが走った。痛みではなく、熱い感覚が体の隅々にまで広がっていく。急に胸が苦しくなり、思わず彼の手を握りしめた。

たとえつかの間でもウィルと触れあうと、どんな点滴よりもいい効果が現れる。軽く肌を撫《な》でられただけで、こんなひどい状態にもかかわらず、全身が活気づいてくるのだ。初めて彼が手の甲にそっと唇を押し当てたときからずっとそうなのだ。ウィルの顔は覚えていなくても、間違いなく体は彼が恋人だと認識している。

ウィルは自分の手を見たあと、不思議そうに彼女を見た。そのとき、彼女はウィルの目が薄いブルーグレーだと気づいた。一瞬、彼の目つきがやさしくなったが、腰につけた携帯電話が低い電子音を発したとたん、彼はさっと身を引いた。

「じゃあ、またね、シンシア」そう言うと、ウィルは出ていった。

アレックスはテーブルの反対側で飲みものを飲んでいる。コース料理のうち、最初のふた品は食べ終わった。彼は沈黙を楽しむことができるので、無理やり会話を続けようとはしない。友人が悩みを抱えていることや、スコッチを一杯飲めば話しやすくなることがわかっているのだ。

ウィルがアレックスを食事に誘ったのは、正直な人間と話をしたかったからだ。たいていの人間は僕が聞きたいことだけを話す。アレックスは僕よりも裕福なのにそれを自慢したがらない。名うてのプレイボーイだから、ロマンティックなアドバイスを求めに行く相手ではない。シンシアの取り扱い方について意見を求めたら、アレックスは遠慮なく思うところを言ってくれるだろう。

「それで、シンシアの具合は?」メイン料理が運ばれてくると、アレックスはついに口を開いた。

「よくなったよ。順調に回復しているが、まだ何も思いだせないんだ」

「喧嘩《けんか》のことも?」

「とくに喧嘩のことは」ウィルはため息をついた。

シンシアがシカゴに発《た》つ前、彼は浮気の証拠を突きつけて婚約を解消した。シンシアには戻ってきたら話しあいたいと言われたが、応じなかった。ふたりの関係はもう終わったのだ。ところが、電話で友人と話していたとき、シンシアの乗った飛行機が墜落したという一報が入った。彼女の意識は戻ったものの、記憶を失っていることが判明したときには、どうしたらいいのかわからなかった。すぐに別れ話を進めるのはむごいような気がした。

う。そこで、シンシアの回復を見届け、彼女が元気になったら予定どおり別れることにした。少なくとも最初はそう考えていた。あのときから……状況が複雑になった。だからアレックスがここにいるのだ。彼ならもっとひどい状況になる前に問題を解決してくれるだろう。

「もうシンシアに話したのか？　それとも〝また〟僕から言ったほうがいいのか？」

「いや、まだだ。退院したら話しあおうと思っている。病院ではめったにふたりきりになれないし、彼女の両親を巻きこみたくないんだ」

「シンシアは僕たちが知っている、冷たくて高慢ちきな女性に戻っていないんだね？」

ウィルはうなずいた。シンシアに、もとの彼女に戻ってほしいという気持ちもある。そうすれば彼女が回復したあと、罪悪感を覚えずに別れることができるだろう。ところが、事故に遭ってから彼女はまるで別人になってしまったのだ。「シンシアは宇宙人に連れ去られて、代わりの宇宙人が送りこまれてきたみたいなんだ」

「確かにこの前、僕が見舞いに行ったときも、シンシアはとても感じがよかったな」アレックスはステーキを口に入れた。

「病院に行くたびに、椅子に座って様子を見ているんだが、シンシアは家族や見舞客や看護師にきちんと挨拶して、礼を言っている。やさしいし、思いやりがあるし、おもしろい……シカゴへ発ったときとはまったく違うんだよ」

アレックスはけげんな顔で身を乗りだした。「シンシアの話をしているとき、きみはほほえんでいるな。本当に状況が変わったんだ。きみは彼女が〝好き〟なんだよ」

「ああ、確かに今のシンシアは感じがいいし、僕も彼女のそばにいると楽しいんだ。だが、医者の話では、記憶喪失はおそらく一時的なものらしい。またたく間にもとに戻るかもしれないそうだ」

「〝おそらく一時的なもの〟というのは、〝もしかすると永久的なもの〟ということだろう。シンシアはずっと今のままかもしれないよ」

「そんなことはどうでもいいんだ」ウィルは首を振った。「シンシアは自分のしたことを覚えていないかもしれないが、僕は覚えている。二度と彼女を信用できない。つまり、僕たちの関係は終わったということなんだ」

「あるいは、これが二度目のチャンスになるかもしれないよ。本当にシンシアが別人になったのなら、そのように扱えばいいじゃないか。彼女が覚えていない過去の出来事を根に持つ必要はない。大切なものを逃してしまうかもしれないよ」

友人がふたたびステーキに注意を戻したので、ウィルはひとり、もの思いにふけった。アレックスは僕が考える気になれなかったことを言葉にした。実のところ、シンシアと一緒にいると、初対面の女性といるような気がする。ふと気がつくと、病院に行くために会社を飛びだしているし、『オブザーバー』紙のトップ記事に注意を向けなければならないのに、彼女のことを考えている。そして今日は……ふたりの手が触れあったとき、体のなかを熱いものが駆け巡った。今まで彼女に対してあんなに激しい反応を示したことはない。もう少しで永久に彼女を失うところだったことに驚いたからなのか、彼女の性格が変わったせいなのかよくわからないが、アレックスのアドバイスに従いたい気持ちもある。

いや、今はそんなふうに見えないかもしれないが、シンシアの内部にはかつての彼女が潜んでいるのだ。恥知らずで不誠実で、僕の気持ちを踏みにじったあの女性が。すでに婚約は解消している。じきに本当の彼女が戻ってくるだろう。もう彼女に心も自由も人生の大事な時間も奪われるつもりはない。

医者の話では、もうすぐシンシアは退院できるとのことだった。ポーリーンとジョージは娘を実家に引き取りたいと言うだろうが、僕はふたりが暮らしていたペントハウスに連れ帰って面倒を見るつもりだ。シンシアを家に連れていくのは自然なことだ。病院にも近いし、自分のものに囲まれていたほうがいいだろう。

そのせいで記憶が戻り、以前のシンシアに戻ったら？　そうしたら、二度婚約解消する手間が省けるだけのことだ。

〝よかったら、席を替わりましょうか？〟

頭のなかにそんな言葉が浮かんだ。今、彼女は鎮痛剤を投与されて夢と現実と妄想の世界をさまよっている。

〝シンシア・デンプシーよ〟

眠りながらも顔をしかめた。シンシア・デンプシー。みなが私をそう呼ぶのをやめてほしい。けれど、なんと呼んでほしいのかもわからない。シンシア・デンプシーでないなら、本当は誰なのかわかっているはずでしょう?

わかっている。名前が喉まで出かかっている。

爆音とともに炎があがった瞬間、その名前が頭のなかから消えた。覚えているのは、空から落ちていく恐ろしい感覚だけ。

「いや!」

ベッドの上で跳び起きた拍子に体のあちこちが痛んだ。心臓は激しく鼓動し、呼吸が荒くなる。ベッド近くに置かれたモニターから電子音が鳴りはじめると、夜勤の看護師が入ってきた。

「どうしました、ミス・デンプシー?」

「その呼び方はやめて」彼女は噛《か》みつくように言った。

「わかりました……シンシア。大丈夫ですか?」

お気に入りの看護師グウェンは身を乗りだし、ベッドの上に設置された小さな明かりをつけた。南部出身の小柄な女性は何ごとにつけても積極的だが、浮ついたところがない。

また、採血するときも患者にまったく痛みを与えない。その力量は看護師のなかでもトップクラスだ。

「ええ」シンシアはいいほうの手で目をこすった。「悪い夢を見たの。怒鳴ったりしてごめんなさい」

「そんなこと、気にしないで」グウェンはアラームのスイッチを切ったあと、点滴の落ち具合を調べた。「精神的ショックを受けた患者さんは悪い夢を見ることが多いんですよ。眠れるお薬を差しあげましょうか？」

「いいえ、もう自分が自分でないような気分になるのはうんざり。もっとも、それが薬のせいだとは言いきれないけれど……」

グウェンはベッドの端に腰をおろしてシンシアの膝を撫でた。「あなたは頭に重傷を負ったんです。今までの自分とは違うような気持ちになることもあるでしょう。また、いつ以前の自分に戻るかわからないこともあるでしょう。ですから、今の気持ちを楽しめばいいんです」

シンシアにとってこんな話ができる相手はグウェンしかいない。ウィルには理解できないだろう。母親に話しても動揺させるだけだ。母親は毎日、面会に来て、写真を見せたり、いろいろな話をしたりして、記憶を取り戻す手がかりを与えようとしている。自分が自分でないような気がすると言ったら、母親の努力を無にすることになるだろう。

「何もかも違うような気がするの。ここに来る人たちも。私に対するみんなの扱い方も。これを見て」シンシアは吊り包帯から腕を引き抜き、薄いピンク色のギプスを伸ばして婚約指輪を見せた。

「すてきですね」グウェンは如才なく言ったものの、ばかでかいダイヤモンドを見て目を丸くした。

「この指輪、私にはふさわしくないような気がするの。私は欲しいものはなんでも手に入る良家のお嬢さまではないんじゃないかしら。なんだか場違いなところにいるような感じがするの。こんなに違和感を覚えるなんて変よ。でも、自分が誰かもわからないのに、どうすれば自分になれるの？」

「夜中の三時に話しあうにはちょっとむずかしい問題ですね。でも、マンハッタン在住のテネシー娘からひと言、忠告させていただきます。私なら、自分が誰かを心配するのはやめて、自然体でいるでしょうね。何をすべきか、どのように行動すべきかなんてことを考えていたら、頭がおかしくなってしまいますよ」

「どうしたらいいのかしら？」

「まず、抵抗するのをやめること。退院して新しい生活を始めたら、シンシア・デンプシーであることを受け入れるのです。そしてしたいことをする。クラシックの演奏会よりもバスケットの試合に行きたいと思ったら、それでいいじゃないですか。キャビアや高級ワインに興味を失ったら、チーズバーガーを食べてビールを飲んでください。今、どんな人間になりたいのか、わかっているのはあなただけなのですから。誰に言われても、それを変える必要はありませんよ」

「ありがとう、グウェン」シンシアは身を乗りだして、看護師を抱きしめた。新しい人生で彼女だけが本当の友達のような気がする。「明日、退院の予定なのよ。ウィルが今まで住んでいたところに連れていってくれるらしいの。そこで何が待っているかわからないけれど、ハンバーガーを食べてビールを飲みたくなったら、あなたに電話してもいいかしら?」

グウェンは満面に笑みを浮かべた。「もちろん」そう言うと、シンシアがメモを取るために使っている小さなノートに携帯電話の番号を書いた。「心配しないで。ミスター・テーラーと一緒に歩く未来がひどいものになるなんて、とても考えられませんから」

シンシアはうなずき、グウェンを安心させるために笑顔を見せた。そして彼女の言うとおりであってほしいと心から願った。

2

ウィルは最上階にある高級アパートメントのなかを歩いているシンシアを見つめた。その様子はまるでメトロポリタン美術館を見学しているかのようだ。確かにあちこちにガラスや大理石が使われているので、ここは美術館のようだと思うこともある。僕ならこのようなものは選ばないが、どれもきちんと機能を果たしているので、別にかまわない。

シンシアは各部屋をじっくりと見てまわり、家具や調度を眺めたり、布地に触れたりしているが、自分が目にしているものに満足しているようだ。それも当然だ。ここにあるものを選んだのは彼女とあのとんでもないインテリアデザイナーなのだから。

シンシアの動きはゆっくりとしている。筋肉がこわばっていてすばやく動けないのだ。腕のギプスが添え木に変わったから、それをはずしてシャワーを浴びることもできる。もう包帯も取れたし抜糸もすんだので、顔や体にかすかな変色が見られる程度だ。

退院前、母のポーリーンに頼まれた美容師が病院にやってきてシンシアの髪を整えた。飛行機が墜落した際に火災で髪が焼け焦げたので、病院スタッフにかなりの長さを切り取られた。美容師は無造作に切られた髪を肩までの長さに揃《そろ》えたあと、ドライヤーを使ってまっすぐに伸ばし、シックなスタイルに仕あげた。その変貌ぶりはすばらしく、家に戻る車のなかでウィルは思わずシンシアに見とれた。

ウィルが振り返ると、シンシアはリビングルームにかかっている大きな写真を見ていた。婚約記念に撮影されたふたりの写真だ。〝しまった〟アパートメントのなかをくまなく調べ、ポーリーンに頼まれた写真はすべてしまいこんだのに、壁にかかっている写真を見落としていた。墜落事故以来、シンシアは自分の写真を見ていない。だが今、見てしまったからには、即刻ドクター・タカハシに電話をかけて、医療過誤があったと言って脅すだろう。個人的には、今の彼女が以前とまったく同じではないとはいえ、あの医師はよくやったと思っているのだが。

ところが、シンシアは黙って写真を見つめたあと、奥の部屋へ入っていった。そのとき、ウィルの携帯電話の着信音が鳴り、会社からEメールが入った。それを読んでいると、廊下の向こうから大きな声が聞こえてきた。

「なんて大きなバスルームなのかしら！　これは私のバスルームなの？」

「埋めこみ式のジャグジーがある部屋かい？」

「いいえ」

「それなら、違うな。それは来客用のバスルームだ。僕たちのバスルームはマスター・ベッドルームの隣にあるよ」

ウィルは携帯電話をベルトにつけたケースに収め、シンシアが迷子になっていないか確かめに行った。彼女はクローゼットのなかにいて、目の前に並ぶ極上の衣類をぼんやりと眺めている。かと思うと、手を伸ばしてきちんとハンガーにかかっている服をつぎつぎに見ていく。

「ディオール。ダナ・キャラン。ケイト・スペード。これが……私のものなの？」

「ひとつ残らずね。半年前、きみは僕の衣類をクローゼットから追いだして、永遠に増え続ける靴の置き場所を作ったんだ」

シンシアはいきなり振り返り、壁一面に積みあげられた膨大な数の靴と向きあった。そしてクリスチャン・ルブタンの箱を開けると、今まではいていたローファーを脱いだ。底が真っ赤な黒いエナメルのパンプスはすんなりとはくことができる。「ちょっと大きいわ」

「まあ、事故で足が縮んだとしたら、これを全部捨てて新しいサイズの靴に取り替えるのもおもしろいんじゃないかな」

とても信じられないという目つきでウィルを見ながら、シンシアは別の靴に足を入れた。十五センチのハイヒールをはくと少しふらつくので、いいほうの腕を伸ばして体を支えたが、すぐに満面に笑みを浮かべた。

「中敷きを入れれば大丈夫よ。これを全部無駄にする勇気はないわ」シンシアは服のほうに向き直り、何着かドレスに触れた。「これらの服のデザイナーは知っているし、すごい人たちだというのもわかるのに、どうして母のことは覚えていないのかしら?」

「きみの頭は自分にとって大事なことだけを覚えているのかもしれないね」

シンシアは手を止めて彼のほうを向いた。「本当に私は家族よりも靴のほうが好きだったの?」

「よくわからないな。きみにとって僕は心のうちを話す相手ではなかったから」

シンシアは靴を脱いで箱に入れたあと、棚に戻した。もうクローゼットのなかを見ることに興味はないらしく、ウィルの横を通り過ぎてベッドルームに戻り、廊下に出ていった。

ウィルがあとからついていくと、シンシアはソファに座り、ダイニングテーブルの上にかかっているばかでかいモダンアートをぼんやりと見つめている。「大丈夫かい?」

シンシアはぎこちなくうなずいた。「なんだかみんなが大事な問題を避けているような気がするの。私がきいたら、あなたはちゃんと答えてくれる?」

ウィルはうなずき、シンシアの隣に腰をおろした。もういいかげんに話しあわなければ。先延ばししても意味がない。

「あなたと私は愛しあっているの?」

「いや」

「それなら、どうして婚約しているの?」

「していないよ」

「でも……」シンシアは指輪に目を向けた。

「僕たちが愛しあっていたのはずいぶん前だ。おたがいの家族が以前からの知り合いだったから、大学時代、僕たちはつきあいはじめた。二年前にプロポーズしたときからきみが変わったので、お互いの気持ちが離れてしまった。きみの家族はまだ知らないが、きみがシカゴに発《た》つ直前に婚約は解消したんだ」

「どうして？」

「原因はきみの浮気だ。僕はきみとの関係を続けるメリットよりも裏切りのほうを重要視した」

「メリットですって？」

「本当だよ。実際、僕たちはもう恋愛関係にはなかったんだ。きみのお父さんと僕はある事業計画を進めていた。双方の会社にとってかなり有利なプロジェクトだ。きみのお父さんは家族と一緒に仕事をしたがっていたから、僕はきみとの関係が修復されるのを期待しながら最後まで事業計画を進めようとした。だが、ずいぶん前からきみが浮気をしていたことがわかったとき、もう選択の余地はなかった。プロジェクトがご破算になっても、結婚式は中止するしかなかったんだ。僕は十月末までにここを出るときみに告げた。だが、事故のあと、計画が変わった」

「ずっとここにいるの？」シンシアは期待に満ちた目つきでウィルを見あげた。

「いや。ここにいるのはあくまでもきみが元気になるまでだ。そのときが来たら、婚約解消を発表して予定どおり出ていくよ」

シンシアは納得したようにうなずいたが、顔をそむける前に目のなかで涙が光った。

「私はひどい人間だったのね。ずっとそんなだったの？　そうだとしたら、あなたが私を愛したはずはないわね」

「出会ったころのきみは好きだったよ。だが、大学を卒業したあとのきみは好きじゃなかった」

シンシアは唾をのみこみ、膝の上で組みあわせている手に視線を落とした。「私が誰かにやさしくすることはあったのかしら？」

「家族や友達にはやさしかったよ。妹には甘かった。だが、誰かに動揺するようなことを言われたり、されたりすると、癇癪《かんしゃく》を起こした」

「今もそうなのかしら？」

「いや。事故のあとはまったく違う」

「でも？」

「でも、いつまでその状態が続くだろう？　医者の話では、記憶喪失は一時的なものだから、何かがきっかけになってすべて思いだすかもしれないそうだ。今にも目の前に座っている女性が消えてしまうかもしれないんだ」

「そうなってほしくないんでしょう?」

ウィルにとって、もとフィアンセの顔は見慣れているはずなのに、以前とはまったく違うような気がした。グリーンの瞳には今まで気づかなかった金色の斑紋がある。ずっと見続けて、以前は見落としていた点を見つけたい。長いあいだ、シンシアと一緒にいながら、彼女のことがわかっていなかったのだろうか? 本当に彼女を愛していたのか? それとも、彼女と一緒にいることが好きだったのか? エール大学一の才女で、美人で、ポロチームのキャプテンと一緒にいることが。

しかし、今の状況はまったく違う。隣に座っている女性のことを知りたいのだ。シンシアが世の中に出ていって自分がどんな人間か知り、どんな人間になりたいのか突きとめる手助けをしたい。だが、そんなことはしないほうがいいのだろう。彼女が記憶を取り戻してもかまわないと言うべきだ。しかし、それは本心ではないし、彼女も正直な答えを望んでいるのだ。「ああ、そうなってほしくない」

「ねえ、私は自分の一部がなくなったようでとても困っているの。でも、あなたの話を聞くと、このままのほうがいいのかもしれないわね。無理に思いださないで、再出発したほうがいいのかも……」

「きみはいつでも選ぶことができるんだよ」

「どういう意味？」

「いつかきみの記憶は戻るかもしれない。そのときは、以前の自分に戻るのではなく、自分がなりたい人間のままでいるという選択肢もある。再出発すればいいんだよ」

シンシアはうなずいたが、相変わらず自分の手を見ている。「あなたが私を好きじゃなかったことはわかったけれど、事故の前、私の体には惹《ひ》かれていたの？」

「きみはとってもきれいだった」

「はぐらかさないで」シンシアはウィルと目を合わせた。いら立っているせいで頬が赤く染まり、黄色くなったあざが目立たなくなっている。今の彼女は感情をあらわにしている。怒りと困惑で肌が紅潮し、目には悲しみと戸惑いの表情が浮かんでいる。これはウィルが知っている〝氷の女王〟とは大違いだ。

「はぐらかしてなんかいないよ。きみは本当にきれいだった。エール大学の男子学生はみな、きみを自分のものにしたいと思っていたよ。僕も含めて」

「食堂にあるあの写真だけど……」

「婚約記念の写真のこと？」

「ええ。今の私はあれとは違うわ。二度とあんなふうにはならないでしょうね」またシンシアの顔に新たな表情が浮かんだ。こんな弱々しい表情をウィルは見たことがなかった。シンシアにはいろいろな面があるが、弱みを見せることはめったになかったのだ。彼女のもろさをかいま見て、ウィルは慰めたいと思った。今までそんな衝動に駆られたことはない。

ウィルは我慢できずに彼女の頬を撫《な》でた。「以前のきみは美術館に並んでいる彫像のようだった。完璧だけど、温かみがない。傷があると、かえって個性が出るんじゃないかな。今のほうがずっとすてきだよ。内面も」

シンシアは片手をあげて彼の手に重ねる。「そう言ってくれてありがとう。たとえ本心ではないとしても」ウィルの手に指を絡ませて自分の膝に引きおろし、強く握りしめた。「あなたに何をしたか覚えていないけれど、想像することはできるわ。ごめんなさい。いつか私がしたことを許せるかしら？」

シンシアの目に涙があふれた。悲しげな表情を見てウィルの胸は痛んだ。彼女の手の握り方は無言の懇願のようだ。彼女はもう一度愛してほしいと頼んでいるのではない。許してほしいと訴えているのだ。

「僕たちに必要なのは白紙に戻すことじゃないかな。すべてを忘れて最初からやり直すことだよ」

「やり直す？」

「ああ。過去を忘れて前に進むんだ。きみは過去に何をしたのか、自分がどんな人間だったのか心配するのはやめて、これから何をしたいかということに注意を集中すればいい。

そうすれば、僕ももう変えられないことで双方を責めるのをやめられるかもしれない」

「それはどういう意味？」

「やり直すということだよ。実際、僕たちはおたがいのことをわかっていない。信用する理由もないし、まして愛しあう理由もない。僕たちの問題を解決するには時間がかかるだろう」

「これはどうするの？」シンシアは片手をあげて豪華な婚約指輪を見せた。

「しばらくはめておいてくれ。これはふたりの問題だ。誰にも口出ししてほしくない。とくに家族には。これは僕たちが決めなければいけないことなんだ」

シンシアはうなずき、ふっくらとした唇の端を曲げてほほえんだ。もう涙は消えて目が輝いている。この数週間、打ちのめされてぼろぼろになっていたから、今は生き生きとして見える。

ウィルは身を乗りだしてシンシアの唇にそっと唇を重ねた。痛めつけられた肌に軽く触れるだけのキス、無言のまま励ますためのキスだ。

少なくともウィルはそう思った。ところが、たちまち全身に火がついたように熱くなった。病院でも同じ反応を示したが、あれはたまたまではなかったのだ。あのとき、体の奥から欲望がほとばしりでたのは、長いあいだ、女性とベッドをともにしていないからだと自分に言い聞かせた。今でもそうなのかもしれない。ただ、彼女の顔を両手で挟んで唇を貪りたい衝動を抑えきれない。だが、そうする勇気がなかった。ひとつには、完全に回復していない彼女を傷つけたくないからだ。また、そんなことをすると、深みにはまって抜けだせなくなる恐れがあるからだ。

「きみの人生をどうしたいのか考えてくれ。そして、僕たちの関係をどうしたいのか」ウィルは唇を重ねながらささやいたあと、後悔するようなまねをしないうちにすばやく身を引いた。

シンシアにはどうしても自分がきれいだとは思えなかった。ウィルがなんと言おうとかまわない。彼がキスしたのはあくまでも同情心からだ。以前は不愉快な美女だったけれど、今は心やさしいけが人だということを気づかせて、安心させようとしたのだ。彼も気まずかったに違いない。携帯電話の着信音が鳴ると、すぐさま書斎と思われる部屋へ姿を消した。

ひとり残されたシンシアは馴染《なじ》みのないわが家に慣れることにした。問題はあまりわが家という感じがしないことだ。ここには公共施設のような雰囲気がある。すっきりしたデザインや豪華な布地が使われているのはいいけれど、あまりにもモダンすぎて好きになれない。あちこち見てまわったあと、テレビを見ようとベッドルームに入った。大きくて贅《ぜい》沢《たく》なベッドは寝心地がよくて、しばらくぼんやりするには絶好の場所だ。

しばらくしてぼんやりするのも飽きたので、事故以来初めてシャワーを浴びることにした。服を脱いで慎重に添え木をはずしたが、細くなった青白い腕を見て顔をしかめた。それから三十分間、水流を変えながらシャワーの下にたたずんだ。シャワーを浴びると、今までより人間らしくなったような気がしたけれど、洗面台の前に座ったとたん、そんな気分が吹き飛んだ。

入院後数週間、鏡は見せてもらえなかった。母親が見せてはいけないとみなに言い含めたからだ。娘を動揺させたくなかったのだろう。本当はどのような顔なのかわからないけれど、鏡がなくても極端に変わったことに、しかも、改善されてはいないことに気づいた。見舞いに来る人の顔に浮かぶ苦しげな表情を見ただけで充分だった。だから鏡を持ってくるよう頼まなかったのだ。

ある日、ドクター・タカハシが最後の包帯をはずし、手鏡を持ってきた。最初は見たくなかった。どんな顔になっているのかわからなかったからだ。母親はとても魅力的で、十代の妹エマもかわいらしいけれど、父親に似ている。父親は堂々として押し出しがいいが、とてもハンサムとは言いがたい。

初めて鏡を見たときはつらかったけれど、だんだん楽になった。鏡を見るたびに、映っている自分の顔もよくなった。家族の顔に浮かぶ表情にも元気づけられた。けれど、誰も事故以前に撮影された写真を持ってこない。母親は写真の入った箱を持ってきて、写っている人物を指さして思いだそうとしたけれど、私の写真は一枚もなかった。

アパートメントに戻ったときに真っ先に出迎えてくれたのは、私とウィルが写っている大きな写真だ。リビングルームに入り、以前の自分と対面したときにはびっくりした。あれは新聞発表に使われた写真のようだ。ダークブラウンの長い髪を背中に垂らしているので、ロイヤルブルーのワンピースに合わせた大きなサファイアのイヤリングが見えた。ウィルはカーキ色のズボンに薄いブルーのワイシャツというくだけた格好で、ふたりは木陰に並んで座っていた。

写真に写っている女性は優美で繊細な顔立ちをしていた。クリーム色の肌は染みひとつなく、目は鮮やかなグリーン。化粧が上手で、ノーメイクのような印象を受ける。どこから見てもマンハッタンの名家の娘で、名家の息子の婚約者という感じだ。

今、湯気で少し曇った鏡に映る自分の顔を見ていると、ついあの写真と比較せずにいられない。高い頬骨や優美な鼻は事故の影響をまともに受けている。ドクター・タカハシが行った手術が功を奏してあの写真のような人目を引く顔が戻るかどうか、時間が経《た》たないとわからない。

今朝、美容師が髪をカットしたあと、ブローしてストレートヘアにしてくれた。今はねじりあげてタオルで包んでいるけれど、乾いたとたん、まとまりにくい縮れ毛に戻ってしまうだろう。

「病院では体を拭いてもらうだけだったから、気持ちがいいだろう」

その声に驚いてシンシアが横を向くと、戸口にウィルがさりげなくたたずんでいる。彼はずっと書斎にこもっていたから、家にいるのも忘れていた。

シンシアは恥ずかしそうに体に巻きつけているタオルを引っ張りあげ、はずれないようにしっかりと握りしめた。ウィルに惹かれているのは確かだけれど、裸同然の格好で彼の前にいるのは気まずい。ふたりは何度もおたがいの裸を見ているのかもしれないけれど、私はまったく覚えていない。

シンシアの反応に気づいたウィルは一歩引き下がった。「すまない。こんな状況は落ち着かないだろう。そこまで考えなかった。もう行くよ」

「いいえ、いいの」思わずシンシアはウィルのほうに手を伸ばした。

ウィルはちょっと迷ったあと、一本の指をあげた。「すぐに戻るよ」少ししてふわふわした淡いブルーのバスローブを持って戻ってきた。「これはきみのお気に入りなんだ。毎晩、これを着てソファに座り、お気に入りのワインを飲みながら本を読んでいた」

シンシアがタオルをつかんだまま立ちあがると、ウィルは肩にローブをかけてくれた。彼女は温かなパイル地で体を包んだあと、タオルを足もとに落とし、ローブの紐《ひも》を結んだ。

熱いシャワーを浴びて柔らかなローブに包まれると、本当に気分は最高だった。襟を直す際にウィルの手に触れるまでは。ふたりの指が触れあった瞬間、背筋がぞくぞくした。

シンシアが小さく息をのむと、彼はすぐに手を引っこめた。彼女は振り返ったが、心臓がおかしくなったように打っている。軽く触れあっただけなのに、どうしてこんなふうになるのかしら？「気持ちがいいわ。ありがとう」シンシアはおずおずと言った。

ウィルは引き下がったが、相変わらず彼女を見つめている。シンシアはローブの胸もとをかきあわせたくなった。ウィルのまなざしにはどんな気持ちがこめられているのか知りたい。彼には私を引きつける強烈な力がある。でも、それはどんな意味を持っているのだろう？　情熱？　怒り？　好奇心？

「おなかがすいただろう？」ふいにウィルはきいた。

「ええ」シンシアは素直に認めた。

「何がいい？」

「病院食以外ならなんでも」シンシアはほほえんだ。

「わかった」ウィルも顔をほころばせた。「何か買ってくるよ。近くにおいしいタイ料理の店があるんだ。試してみるかい？」

「ええ。でも、あまり辛いものはやめておいてね」

ウィルはうなずくと、向きを変えて去っていった。

シンシアはもつれた髪をとかしたあと、クローゼットに行って着心地のよい服を探した。なかにはかなりきつい服もあるけれど、ウィルの話では、結婚式前にダイエットをしていたとのことだった。棚に積み重ねられた服を調べると、少し古めで大きめの服があった。彼女が伸縮性のあるヨガパンツを見ているとき、電話が鳴った。

シンシアはどきっとした。どうしたらいいのかしら？　他人の家の電話に出るような気がするけれど、そうではない。私にかかってきたのかもしれないし、ウィルにかかってきたのかもしれない。そう自分に言い聞かせつつ、ベッドルームに入って受話器を取りあげた。「もしもし？」

「シンシアかい？」男性の声が聞こえてきたけれど、ウィルではない。

「はい、シンシアです。どちらさまですか？」

「ベイビー、ナイジェルだよ」

ナイジェル。その名前を聞いてもシンシアは何も思いだせなかった。けれど、相手はそれですべてがわかるかのような言い方をした。しかも、私を〝ベイビー〟と呼んだ。「ごめんなさい。あなたのことを覚えていないんです。事故に遭って記憶喪失になってしまったので」

「記憶喪失だって？　ああ、シンシア、きみに会いたい。この数週間、心配で気が変になりそうだったよ。きみの携帯はつながらないだろう。俺は家族じゃないから、病院に行くわけにもいかないし。新聞で事故の記事を読むしかなかったんだ。すぐに会おうと言ってくれ。できたら明日にでも。ウィルが会社に行っているあいだに」

シンシアは気落ちした。ウィルから私の浮気に関して詳しい話は聞いていないけれど、ナイジェルが浮気相手だというのは想像がつく。

シンシアの頭にウィルの声がよみがえった。〝きみは選ぶことができるんだよ〟

彼女はそのとおりにした。過去は過去だ。ウィルは白紙に戻そうと言った。最初はそれをどう判断したらいいのかわからなかった。以前はウィルと一緒にいて幸せではなかったようだから、頭を打っただけでふたりの関係がよくなるとは言いきれない。それでも、せめて試すくらいはしてみたい。今のところは、ウィルにここにいてほしいと思っている。

電話をかけてきた男性は私たちがやり直すチャンスをぶち壊すだろう。

「だめよ。ごめんなさい」

「ベイビー、待ってくれ。ブロンクスから朝一の電車に乗って会いに行くよ」

「だめよ。お願いだから電話してこないで。さようなら」シンシアは電話を切って受話器を置いた。少ししてふたたび電話が鳴り、表示画面に同じ番号が出た。彼女は出なかった。しばらくしてようやく電話は鳴りやんだ。神経を尖《とが》らせながら様子をうかがったが、もう電話はかかってこない。

シンシアは深く息を吸いこむと、クローゼットに戻り、ウィルと初めての夕食をとるために身支度に取りかかった。

3

ウィルはデスクに向かい、ぼんやりとノートパソコンを見つめた。夕食後はいつものように書斎に戻った。たいてい夜は仕事をしている。昼間は会議が目白押しなので、Eメールをチェックしたり、自分の仕事を片づけたりする時間は夜しかない。僕が長時間働くことをいやがる人間もいるかもしれないが、別に気にはしない。いや、それどころかこの数年間はこの書斎が、ぎくしゃくしたシンシアとの関係から逃れる避難所になっていたのだ。

ところが、今夜は受信ボックスに百通ものメールが入っているのに、なかなか仕事に集中できない。ふと気がつくと、シンシアのことを考えているのだ。

書斎とリビングルームを仕切っているのは全面ガラスのドアなので、アパートメントのなかを動きまわるシンシアの姿が見える。先ほど食事を買いに外へ出たとき、彼女との関係は大丈夫そうだと思った。シャワーを浴びたあとの濡《ぬ》れた肌と彼女が巻きつけていたバスタオルのことを考えたら、〝大丈夫〟どころではない。あんなに肌を露出したシンシアを見たのは久しぶりなので、たちまち体が反応した。幸い、テイクアウトの店まで早足で歩いたことが功を奏し、アパートメントに戻ったときには熱い反応は収まっていた。

しかし、僕のそばにいると、シンシアは神経が高ぶるようだ。夕食のときには、ダイニングルームでタイ料理を食べながら当たりさわりのない話をした。だが、彼女の言葉の端々にそれまではなかったいら立ちが表れていた。電話が鳴ったときには、椅子から跳びあがるようにして立ち、先に受話器を取った。電話をかけてきたのはポーリーンで、無事に帰宅したかどうか確かめるためだった。母親と娘がおしゃべりしているあいだ、僕は夕食のあと片づけをして書斎に入った。

シンシアはかなり早い時間にベッドルームに入ったが、別に驚くことではない。退院直後で疲れたのだろう。急に動いたことが体に負担になっただろうし、ふたりの話から引きだされた情報を処理するのはストレスにもなったに違いない。彼女の体調が万全でないときに過去の話を持ちだすのは間違いだったかもしれない。

僕のそばにいるとシンシアの神経が高ぶるなら、今夜は来客用ベッドルームで寝たほうがいいだろう。そうすればおたがいに落ち着けるし、僕も冷静にこの問題を考えたい。

翌朝、ウィルが身支度を整えてコーヒーを飲んでいると、シンシアがキッチンに入ってきた。ネイビーブルーのシルクのパジャマの上にローブをはおり、髪はポニーテールにしている。たっぷり眠ったせいか、まだ目つきがぼんやりして、顔にはしわが刻まれている。

以前のシンシアなら誰にも、僕にさえもこんな姿は見せないだろう。以前はかならず髪を整えて化粧をしてベッドルームから出てきたものだ。ウィルはコーヒーを一気に飲み、一緒に驚きをのみこんだ。

「おはよう」シンシアは目をこすりながら言った。

「おはよう」ウィルは立ちあがり、自分のマグカップにコーヒーを注《つ》いだ。「コーヒーはどう?」

「けっこうよ」シンシアは顔をしかめた。「病院で飲んでみたけど、好きになれなかったわ」

ウィルはテーブルに戻り、トーストが二枚のった皿をシンシアのほうに押した。

「よかったら、戸棚に紅茶やココアが入っているからね」

シンシアは椅子に腰をおろし、皿からトーストを一枚取った。昨夜よりずいぶんリラックスしているようなので、ウィルもほっとした。

「きみが起きてきた直後に出かけたくないんだが、社に行かなければならないんだ。帰りはあまり遅くならないようにするよ」

「忙しいのね」

ウィルは椅子から立ちあがり、マグカップをシンクに持っていった。「やらなければならないことをしているだけさ。お昼ごろ、メイドが来るから、ひとりきりにはならないよ。

夕食を作ってくれるよう頼んでおいたので、今夜は外へ出なくてもいい」

「わかったわ」シンシアは眉をひそめた。

「どうしたんだ?」

「誰かに食事を作ってもらったり、あと片づけをしてもらったりするのは変な感じなの」

「すぐに慣れるよ。とくにアニタの茄子《なす》のチーズ焼きを食べたらね。彼女は本当に料理上手なんだ。何か必要なものがあれば……」ウィルは言いながらスーツの上着を着た。「僕の携帯にかけてくれ。冷蔵庫に電話番号のリストを貼っておいたよ。きみの家族や友達の番号も載っているからね」

「ありがとう」シンシアは彼を見送るために立ちあがった。

玄関まで歩いていくと、ウィルはパソコンの入ったバッグを持ちあげた。「それじゃ、今夜、また」ごく自然の成り行きでキスしようと身をかがめた。ところが、シンシアの目が大きく開き、体がこわばった。昨日の彼女の反応を考えたら、挨拶代わりのキスをするのもよくない。そう思ったウィルはぎこちなく引き下がると、手を振って廊下に飛びだした。

シンシアは今まで以上に困惑しながら玄関のドアを見つめた。ウィルにキスされるかもしれないと思ったとたん、胸がどきどきした。昨夜のキスはキスのうちに入らないから、もっとしてほしいという気持ちになった。昨日の話し合いのあと、ウィルは私に対する敵意を捨ててくれたけれど、ふたりの関係はロマンティックな方向に進んでいるとは言えない。そうなるには時期尚早なのだろう。キスなどしたら、かえってややこしい状況になるだけだ。

シンシアはドアに鍵をかけたあと、ベッドルームに戻って身支度を整えることにした。なぜかわからないが、そうしたほうがいいような気がしたのだ。クローゼットの奥から取りだしたカーキ色のパンツとくすんだピンクの長袖ブラウスに着替えると、ローファーをはいた。

ふたたびキッチンに戻って湯を沸かし、パンを焼いて冷蔵庫のなかで見つけたラズベリージャムをたっぷりと塗った。紅茶を入れてカップに注いだあと、トーストを持ったまま、彼女の仕事部屋だと言われたところを見に行った。

前日にはちらりと見ただけで、あえてなかには入らなかった。ウィルから話を聞き、ナイジェルから電話があったあとなので、仕事部屋で何に出くわすか心配だったのだ。けれど、今日は自分の過去と真正面から向かいあい、きっぱりと決着をつけよう。

シンシアはガラスと金属を使ったデスクの前に座り、トーストを食べながら目の前にあるものを見た。デスクの上にはノートパソコンを置くためのスペースが空いているけれど、パソコンは墜落事故で壊れてしまった。そのまわりには雑誌やフォルダーがきちんと積み重ねられている。

デスクの前には赤い革製のソファと、ガラスと金属を使ったコーヒーテーブルが置かれている。壁にかかっているのは、大きなポスターやフレームに入った雑誌の広告。これは私が企画したキャンペーンに使われたものだろう。家族の話では、私は〈マディソン・アヴェニュー・アドバタイジング・エージェンシー〉の幹部社員なのだそうだ。

シンシアは不安に駆られた。目の前にあるポスターや広告はまったく見覚えがないし、こういうものを作りあげるためのマーケティング戦略について何も思い浮かばない。考えられるのはモデルが着ている服がすてきだということだけ。

記憶はなくても、職場に復帰する計画を立てなくてはいけない。ウィルが予定どおりここから出ていくことになったら、すぐにでも。彼はふたりの関係がもとに戻る可能性を残し、私にどうしたいのか決める機会を与えてくれた。本当に私に傷つけられたなら、彼が出ていくのも当然だ。けれど、昨夜、ナイジェルと話した結果、自分がウィルとの関係を改善したいと思っていることがわかった。私はウィルにずっとここにいてほしいのだ。それは経済的な援助が欲しいからというだけではない。

シンシアはまず書類に目を通すことにした。いくぶんは好奇心からで、いくぶんは何か思いだすのではないかという期待感からでもある。そこでフォルダーを開き、いろいろなキャンペーンやクライアントに関するページをめくった。並んでいるのは、ほとんどが見覚えのないわかりにくい言葉ばかりだ。広告業界の専門用語はまったく理解できない。

書類を脇に置き、デスクの引き出しを開けてなかを調べた。手前のほうには事務用品がきちんと並べられている。その奥にあるのは封筒の山。それを取りだして見ると、宛先はすべてシンシアだ。消印は一年前のものもある。

いちばん古い封筒から便箋を取りだして読みはじめた。ナイジェルからのラブレターだった。本物の手書きのラブレター。今の時代に若い男性がラブレターを書くのは変だけれど、最初の手紙のなかで彼は自分の気持ちを表す方法はこれしかないと説明している。Eメールは温かみがなくて味気ないものだ。自分に不利になるこの手紙を取っておいたのは、思い出の品として価値があったからだろう。

シンシアはため息をつきながら椅子の背にもたれた。浮気をした自覚はないけれど、このような証拠を目の当たりにすると、心が乱れる。本当に私たちは恋愛関係にあったのだ。ナイジェルはなかなか世間に認められず苦労しているアーティストで、私と出会ったのは展覧会だ。そのときからふたりは昼休みに密会したり、出張を装って週末旅行に出かけたり、ウィルの多忙につけこんで、アパートメントで関係を持ったりした。

どの手紙の内容もかなりロマンティックだった。私がどんな返事を書いたのかわからないけれど、ナイジェルとは本気で愛しあっていたようだ。こんなことはとても信じられないし、みなの話と矛盾する。どうして良家の娘がブロンクスに住む貧しいアーティストに恋したのだろう？　ナイジェルを利用していただけなのかしら？　もちろん両親は認めないだろう。私はナイジェルを愛しながらウィルと結婚して、両方のいいとこ取りをしようとしていたのかしら？

急に胸がむかむかしてきた。今まで自分がどういう生き方をしてきたのか知りたいと思ったけれど、こんな事実は思いだしたくない。すべて消し去ってしまいたい。

デスクの上に手紙を積みあげたあと、シンシアはほかにも自分に不利になるものはないか探した。パソコンと携帯電話はなくなったので、電子機器に残っている浮気の証拠は飛行機とともに消えた。新しいパソコンを手に入れたら、自分のアカウントに残っているものはすべて消去しよう。ウィルは代わりの携帯電話を買ってくれると言っていた。そのときは、ナイジェルが連絡できないように新しい番号にしてもらおう。

キャビネットを調べたとき、バレンタインデーや誕生日のカードが入ったフォルダーが見つかった。ウィルから贈られたものはない。フォルダーを手紙の上に置き、見知らぬ金髪の男性と一緒に写っている写真もつけ加えた。写真のなかのふたりはすっかりくつろいでいる。場所はどこか熱帯地方のようだ。こんなものを取っておくわけにはいかない。みな、捨ててしまわなくては。

メイドがやってきたときには、処分するものが山積みになっていた。シンシアは仕事部屋から出ていき、リビングルームでアニタを迎えた。彼女は白髪まじりの太った女性で、明るくて愛想がいい。

「ミス・デンプシー」アニタはほほえんだが、その笑顔からはあまりやさしさが感じられない。「おかえりなさいませ。できるだけお邪魔にならないようにいたしますので……」

どうやらメイドも私のことが好きではないようだ。「どうかシンシアと呼んで。あなたがいても少しも邪魔にはならないわ。誰かいてくれるとうれしいの。何か手伝えることがあったら、言ってくださいね。ただ座ってあなたが働いているのを見ているだけだと気が引けるから」

アニタは懸命に驚きを顔に出さないようにしたが、うまくいかないのでただうなずいた。

「ありがとうございます。でも、ひとりでできますので。何かご用はありませんか？」

「今日は少し寒気がするの。ソファに座って本を読みたいのだけれど、暖炉が使えるようにしてもらえるかしら？」

土曜日は季節はずれの暖かな一日だった。ふつう十一月のこの時期には、人々は厚着をして初めての雪かきをするのに、今日の気温は摂氏十五度に近い。いつものようにウィルは朝から書斎で仕事に取りかかったが、あてもなくアパートメントのなかを動きまわるシンシアを見て気がとがめた。

墜落事故の前は彼女を避けるために仕事に没頭したが、本当はそこまで働く必要はなかったのだ。今は久しぶりに仕事をしたくないと思っている。もっとシンシアと一緒に過ごしたい、と。だからわざと書斎に引きこもっているのだ。彼女が僕を引きつける力があまりにも強いから。とはいえ、永遠にここにいるわけにもいかない。

ウィルはノートパソコンを閉じて書斎から出ていった。シンシアはソファに座って本を読んでいる。手に持っているのはペーパーバックのロマンス小説だ。それは書棚に並んでいたものではない。「何を読んでいるの？」

「昨日、街で買ったの。おもしろいわよ」

ウィルは驚きを顔に出さないようにした。自分らしくないことをしていると気づいたら、シンシアが苦しむだけだからだ。正直な話、彼女は以前との違いに気づかないほうがいいのだ。ここにいるシンシアはシンシアらしくないが、僕から見れば悪くない。

「この前、暖炉を使えるようにしたけど、今日はかなり暖かいね。ちょっと外へ出てみようか？　できたら公園をひとまわりしよう」

シンシアの顔がぱっと輝いた。「着替えたほうがいいかしら？」

ウィルは彼女が何を着ているのかに気づいていなかった。気づいていたら、また驚きを隠さなければならなかったかもしれない。今日のシンシアはぴったりした黒のジーンズにグレーのアンクルブーツをはき、丈の長いグレーのセーターを着ている。その上に派手なピンクのベルトを締め、いいほうの腕に太いピンクのブレスレットをつけている。

きか？」

「わあ、ピンクか！」

シンシアはにっこりしてベルトを撫《な》でた。「好きな色はピンクらしいわ。あなたは好

シンシアがそんなベルトを持っている理由はひとつしか考えられない。去年、ウィルは彼女と一緒に八〇年代をテーマにした慈善パーティーに出席した。そのせいで彼女は派手な色が気に入っているらしい。そして服やアクセサリーの組み合わせを楽しんでいるのだ。これはシンシアにしてはおもしろい装い方だ。今日は少しカールした髪を垂らしている。化粧をしていない顔は生き生きとしている。本当にきれいだ。

「それでいいよ。ブーツで歩いても大丈夫かい？」

シンシアは立ちあがってブーツのはき心地を確かめた。「大丈夫。かなり楽だし、毎日、歩いているうちに足に馴染《なじ》んでくるんじゃないかしら」

セントラルパークまでそれほど時間はかからない。ふたりは歩道を進み、秋色に染まる森へ入っていった。ウィルにとって今がいちばん好きな季節だ。マンハッタンの秋は最高だ。ひんやりとした空気、紅葉、感謝祭のパレード……。このころはほかの季節よりも心が安らぐ。

「秋は好きよ」シンシアは楽しそうに落ち葉を踏みしめて歩いた。「いちばん好きな季節

じゃないかしら。ほかの季節のことをあまり覚えていないから、断定はできないけれど……」

ウィルはほほえみながら腰につけた携帯電話に手を伸ばした。アパートメントを出てから数回、電話の呼びだし音が鳴っている。彼は受信メールを読みはじめたが、少ししてシンシアに腕を引っ張られた。顔をあげると、彼女は街のあちこちに出ているホットドッグのスタンドを指さしている。

「ホットドッグが好きかどうか確かめましょう」

ウィルは携帯電話を革ケースに戻し、シンシアのあとからついていった。彼女はホットドッグ売りのようなありきたりのものを見て興奮している。

ふたりはスタンドの前で足を止め、ホットドッグとソーダを注文した。ウィルのホットドッグにはザウアークラウトとマスタード、シンシアのほうにはケチャップとマスタードとスウィートピクルス入りの薬味をたっぷり添えてもらった。ふたりは近くのベンチに腰をおろして食べはじめた。

ウィルが半分ほど食べてから横を見ると、シンシアのホットドッグはすでになくなっていた。彼女はまだ口を動かしながら、口の端についたマスタードを指で拭いている。「もうひとつ食べるかい?」

シンシアは首を横に振り、ソーダを飲んだ。「これで充分。これからいろいろ試してみなければならないでしょう。食べすぎると太ってしまうわ。これは自分の好みを知るための第一歩ね」

そう言ったあと、シンシアの表情が暗くなった。もの思いにふけりながらソーダを飲み、風に吹かれて飛んでいく枯れ葉を見つめる。

ウィルはホットドッグの残りを口に入れ、よく噛《か》んでのみこんでから口を開いた。「何を考えているの？」

シンシアはため息をつき、ベンチの背にもたれた。「困ったことになったと思っているの。数週間後にはあなたもいなくなるかもしれない。記憶が戻らなかったら、私は職場に戻ることもできないでしょう。自分にはどんなスキルがあるのかぜんぜん思いだせないの。少し前までホットドッグが好きかどうかもわからなかったわ。こんな状態でどうしたらいいのかしら？」

「きみにはかなりの信託財産や有価証券があるから、当分快適な生活を送ることができるよ」

「あのアパートメントで何もしないでいたら、どうにかなりそうだわ。とくにひとりきりでいたら」

最後の言葉を口にしたときのシンシアの目つきに気づいて、ウィルははっとした。彼女は僕に出ていってほしくないのだ。「きみの会社の社長と話をした。ダンはきみの状況を理解しているから、準備ができたらきみはいつでも復帰できるよ。だめなら……お父さんの会社で働いたらいいじゃないか」

「そこで何をするの？　専門的なことは何もわからないのよ。〈デンプシー・コーポレーション〉の社長の娘というだけで、遊んでいてお給料をもらうのはいやだわ」

「新しいことに挑戦してもいいんだよ。チャンスはいくらでもあるのだから。何がしたいんだ？　何か興味を引かれることはあるのかい？」

シンシアはちょっと考えこんだ。「服かしら。本当に興味を引かれるのは服だけなの。買ったり着たりするだけじゃなく、いろいろ組みあわせることに。ジャケットのラインや布の織り方にも目が行ってしまうわ。でも、それをどうしたらいいのかわからないけれど……」

「服のデザインをしたいのか？　それとも、ひょっとしてスタイリストになりたいのかな？」

シンシアはウィルのほうを向いて大きく目を見開いた。「本当に服のデザインなんかできるかしら？　病院でファッションショーの再放送を見たけれど、とってもおもしろかったわ。でも、そういうことは得意じゃないかもしれないわね」

「だが、試してみて損はないだろう。さっそくスケッチブックと色鉛筆を買いに行こう。きみが何を思いつくか見てみようよ。第二のヴェルサーチにならなくてもいいけど、おもしろ半分にやってみてもいいじゃないか」

シンシアはにっこりしたかと思うと、ウィルの首にしがみついた。いきなり抱きつかれて驚いたが、ウィルは身を引かなかった。彼女がもっと新たな面を見せるよう仕向けたかったのだ。

ウィルはシンシアの体に腕をまわして引き寄せ、彼女の香りを吸いこんだ。シャンプーと香水と肌のぬくもりがまざりあった香りを。これはシンシアのお気に入りの香りだが、どことなく違うような気がする。彼女のうちにあるものが僕の心に訴えかけてくるのだ。頭は抵抗しているが、体はその違いに気づいて反応している。たちまち脈拍が速くなり、下腹部が張りつめた。

ウィルはシンシアに引きつけられる力に消えてほしいと思ったが、アレックスの言葉が頭をよぎった。〝これは二度目のチャンスになるかもしれないよ〟僕は白紙に戻して再出発しようと言っておきながら、このチャンスをつかまないようにしている。それは根強い自衛本能があるからだ。そう、僕がプロポーズした女性は僕の愛と信頼を裏切った。だが、見ためは似ていても、ここにいるのは別人だ。どんなに抵抗しても、この女性には強く興味をそそられるし、情熱をかきたてられる。

たとえ好奇心を満足させるためだけであっても、このまま進んだらどうなるのか確かめてもいいだろう。もちろん、ふたたび傷つけられないために彼女との関係に愛情を持ちこんではならない。この関係が失敗し、彼女の記憶が戻ったら、さっさと出ていけばいいのだ。この関係が長続きすれば、ジョージ・デンプシーも満足するし、仕事もうまくいく。

シンシアは少し身を引いてウィルを見あげた。デザインの世界に挑戦しようと思って興奮しているようだが、彼の目をのぞきこんだとき、表情が変わった。その瞬間、何かが変わった。ウィルもその変化を感じ取った。シンシアも僕に惹《ひ》かれているのだ。彼女は息をひそめて唇をかすかに開いている。

シンシアはキスしてほしいのだ。僕もキスしたい。彼女がどんなふうに僕に触れるのか知りたい。どんな声をもらすのだろう？　僕に抱かれるとどんな気持ちになるのか？　好奇心に負けてウィルは唇を重ねた。これは試験的なものではない。今までとは違う本物のキスだ。ウィルの体を熱い震えが走り抜け、もっと彼女を引き寄せたい衝動に駆られた。欲望が勢いを増し、彼女からもっと多くのものを奪い取るよう駆りたてている。

シンシアは彼の頬に片手を当てる。ウィルは彼女の舌に舌で触れてみた。彼女の味も感触も今までとは違う。絹のように滑らかで、蜂蜜のように甘い。シンシアの腰に当てられていた手があがっていき、脇腹を撫でながら彼女を引き寄せる。シンシアはすすり泣くような声をもらした。女らしい声を聞いてウィルのなかで猛々《たけだけ》しい反応がわき起こった。今までキスだけでこれほど興奮したことはない。シンシアの手のやさしい動きから僕の頬に当たるまつげの感触にいたるまで、彼女のすべてが僕を燃えあがらせる。彼女が僕に身を任せているのは下心があるからではない。情熱のおもむくままに行動し、僕にも同じものを求めているのだ。

そのとき、携帯電話の着信メロディーが鳴り響き、甘美な感覚に酔いしれていたふたりはわれに返った。ふたりの体が離れると、シンシアは気まずそうに服のしわを伸ばし、ウィルは発信者番号を見た。彼は電話に出たが、できるだけ早く話を終わらせた。「絵の道具を買いに行こう」電話を切ると、いきなり言った。

ふたりはもと来た道を戻り、近くのクラフトショップに向かった。歩いているとき、シンシアがおずおずとウィルの手に指を絡ませてきた。彼にはハイスクールを卒業して以来、女性と手をつないだ記憶がない。ちょっと迷ってから小さな手をつかみ、彼女と一緒に公園を出ていった。

4

「電話してくれてありがとう、シンシア。あなたが実生活に順応できているかどうか心配していたところなのよ」

シンシアはテーブルの反対側にいるグウェンにほほえみかけた。話し相手がいるのはいいものだ。私が話しかけると、アニタは不安そうな顔をするし、家族と話すと、みな、実家に戻るよう勧めるのだ。事故後に知りあったのはグウェンだけで、私を変人扱いしない人と一緒にいるとほっとする。

「なかなかおもしろいわ。幸い、大勢の人には会わずにすんでいるの。入院中、私がひどい状態だったから、みんな、会うのは先延ばしにしたいようね。でも、それもあまり先のことではなさそうよ。母が盛大な快気祝いのパーティーを計画しているの。昨日、招待状の発送やオーケストラを雇う話が出たとき、私はできるだけ考えないようにしたわ。あまりにも度が過ぎているし、くだらないんですもの」

グウェンはチーズバーガーにケチャップをかけた。「お友達や仕事仲間にとって今回の出来事は不思議でならないでしょうけれど、みんな、あなたのことを心配しているのよ。新しいあなたが世の中に出ていけば、みんなも慣れるでしょう。ところで、仕事には復帰するつもりなの？」

「それは考えられないわ」

「職場復帰が記憶回復に役立つ場合もあるのよ」

「そうかもしれないわね。でも、無理だと思うわ。私は広告の仕事をしていたのだけれど、何ひとつ覚えていないの。実を言うと、興味もないの」

「じゃあ、何をするつもり？　上流階級の奥さまになって資金集めのパーティーを計画するの？」

「まさか。今、あることを試しているのよ」

「聞かせて」グウェンはチーズバーガーにかぶりついた。

シンシアは週末に描いたデザイン画のことを考えた。最初はお粗末なものばかりで、画用紙を何枚も丸めてごみ箱に放りこんだ。そのうちにできがよくなり、どんどんアイデアがわいてきた。配色もうまくいった。服の組み合わせも申し分ない。早く自分のデザインしたものがハンガーにかかっているところを見たくて仕方なかった。けれど、それにはつぎのハードルを越えなければならない。絵は上手でも、裁縫は下手かもしれない。

「実は、服のデザインを試しているの。あなたに言われたとおり、本能に従って動いているのよ」

「服のデザインですって？　すごいじゃない。楽しんでいるの？」

「時間も忘れてデザイン画を描き続けているわ」

「何かをつかみかけているようね」

「そうでしょうね。今はスケッチだけだけど、近いうちにミシンを買って何か作ってみようと思って」

「ブティックを開店して、ファッションウィークに出品したら？」グウェンはけしかけた。

「先走りしないで。まず最初にしなければならないのはボビンに糸をかける方法を覚えること。できあがったものがよくなかったら、またがんばらなければならないのよ。ブライアント・パークまではほど遠いわ」

「でも、正しい方向に前進しているじゃないの。新しい人生を築きあげているのよ。すばらしいわ」

「ええ。ほかのこともうまくいくといいけど……」

「たとえばどんなこと？」

「ウィルと私のことよ」シンシアはため息をついた。彼は相反する信号を送ってくるのだ。あるときは、彼がアパートメントを出ていったあとで私がどうやって生活するかという話をしていたかと思えば、またあるときは、公園のベンチでキスしたり、手をつないで歩いたりしている。けれど、そんなときでも少しためらいがある。すぐにでも逃げだせるようつねに片足を玄関から出しているのだ。「ウィルにどう思われているのかわからないの。ときどき彼は妙によそよそしくなるんですもの」

「いろいろな変化にどう対応したらいいのかよくわからないのではないかしら。あなたたちは長いつき合いだったんでしょう。だから今は新たに出会った人と一緒にいるような感じなのよ。いいものだろうと悪いものだろうと、変化に順応するしかないわ」

シンシアは食べかけのハンバーガーとフライドポテトに視線を落とした。グウェンの言うとおりだ。この状況はウィルにとってもつらいはずだ。公園でキスしたときも、彼の心の葛藤に気づいた。私を求める気持ちとためらう気持ちがせめぎあっていたのだ。どちらが勝ったのかよくわからない。手をつないでアパートメントに戻ったけれど、そのあと、ウィルは書斎に閉じこもってしまった。

「家に戻ってから何かあったの？」

「キスしただけ」あのときのことを思いだしてシンシアの頬が赤くなった。

「キスは大事よ。あなたのことが好きじゃないなら、彼もキスなんかしないでしょう」

「でも、そのときから何もないの」

グウェンは飲みものをひと口飲んでから肩をすくめた。「私だったらそんなことは心配しないわ。あなたの体を気遣っていたのかもしれないし、仕事のことで頭がいっぱいだったのかもしれないでしょう。でも、ひとつ聞かせて。あなたは何かあってほしいと思っているの?」

「どういう意味?」

「つまり、あなたは初期設定状態に戻ったのに、彼は何も変わっていないということ。あなたは長年彼とつきあって、一緒にいることにしたけれど、新しいあなたにとって彼は赤の他人なのよ。通りでたまたまウィルと出くわしたらどう? 彼に惹《ひ》かれるかしら?」

シンシアは別の世界で偶然ウィルと出会う場面を想像した。私が何かを落としたら、彼は立ちどまって拾ってくれるかもしれない。ウィルがほほえむと、たちまち私はブルーグレーの瞳に引きつけられるだろう。たとえ空想の世界でも、彼が持つ強烈な魅力には抵抗できない。

「どんな状況でもウィルの魅力には抵抗できないでしょうね」

「それなら、どうして自分の気持ちを抑えようとしているの? 無理をするのはやめなさい。もうマンハッタン一すてきな独身男性を釣りあげたんですもの。過去はどうあれ、この関係を楽しんではいけない理由はないでしょう」

シンシアにとってウィルと一緒にいるべきではない理由はいくらでもあったが、一緒にいるべき理由はひとつしか思いつかない。あいにく、それがすべての分別にまさっているのだ。

私はウィルを求めている。

だから新しい関係を築いて彼を引きとめるために、できるだけのことをするつもりだ。

ジョージ・デンプシーはウィルと向かいあって座った。ふたりのあいだにある大きな会議用机の上には書類が散らばっている。電子書籍リーダーの共同製作に必要なものはすべて弁護士が準備してくれた。

あいにく、今日はその話はあまり進展しないようだ。ウィルにとって義理の父親とも言える男性はもっと差し迫った問題が気になっているらしい。

「シンシアのことが心配なのだよ」ジョージはぼんやりと契約書を見た。

「医者の話では順調に回復しているとのことですが……」

「私が心配しているのは顔のことじゃない」ジョージは書類を放りだした。「頭のほうだよ。ポーリーンから聞いたのだが、シンシアは広告代理店に戻るつもりはないが、私のところで働くことも断っているそうだ」

「電子機器に関心がないのでしょう。ずっとそうでした。今になってそれが変わるはずはありません」

「ひょっとして、ほかのことが何もかも変わったせいではないのかな。私はもう自分の娘のこともわからなくなってしまった」

「それはおたがいさまです。シンシアもあなたのことがわからないのですから」

ジョージはいら立たしげに顔をしかめた。「この問題を軽く考えないでくれ。私はあの子の心の健康を気遣っているのだ。正直なところ、結婚式のことも心配なのだよ」

ウィルの頭のなかで警鐘が鳴った。婚約解消の話を知っているのはシンシアとアレックスだけだ。彼女と僕はもう一度やり直そうと考えているが、それは絶対的なものではない。公園でのキスは想像どおりすばらしかったが、そのせいで心配にもなった。ふたりが性急に動くと、電子書籍リーダーの契約書のインクが乾かないうちに、燃え尽きる恐れがある。この数日間は少し距離を置くことにした。彼女のためにプレゼントを注文してアパートメントに届けさせたし、今夜は彼女を連れて食事に行きたいと思っているが、未来のことは予言できない。ジョージがふたりの関係は危ないと判断したら、机の上に散らばる書類などなんの意味もないのだ。

「シンシアは大変な経験をしたのです。五月の結婚式は早すぎるかもしれませんね。もっと環境に順応する時間が必要でしょう」

ジョージが身を乗りだし、鋭い目つきでウィルを見る。「きみはどうなんだ？　逃げ腰になっているんじゃないのか？」

「どうしてそんなことを？」

「きみたちはかつてのようにあつあつではなかった。学生時代はかたときも離れられなかったじゃないか。事故の前もふたりのあいだにはよそよそしい雰囲気があった。きみがあの子を見捨てるような薄情者だとは思いたくないが、毎日のようにいやな話を聞かされるものでね」

「あんな状態のシンシアを見捨てるつもりはありません。ですが、そのあとのことは誰も保証できません。どんな関係でもいつなんどき壊れるか知れないのです。どんなに努力しても……」

「なあ、私は家族と仕事をするのが好きなのだ。身内なら株主を喜ばせるために私を裏切る心配はないからな。少しでも懸念があるなら、契約書にサインする前に言ってくれ」

「この共同事業は堅実なビジネスです。両方の会社のためになります。〈オブザーバー〉も家族経営の会社で、六十年かけてやっと成功したのです。あなたのご心配はわかりますが、僕たちが結婚しようとしまいと、わが社は〈デンプシー・コーポレーション〉を全面的に支持します」

ジョージは鋭い目つきでウィルを見つめ、相手の顔に浮かぶ誠意を読み取った。「わかった。だが、もうひとつあるのだ」

「えっ？」

「この街には知り合いが大勢いる。仕事は別として、きみがあの子を傷つけたら、私はきみとこの新聞社をぺしゃんこにしてやるからな」

ウィルはごくりと唾をのみこんだ。だが、心配していたのは、自分のほうがシンシアに傷つけられるのではないかということだけだった。

グウェンとランチを楽しんだあと、シンシアがアパートメントに戻ると、ドアマンが手を振ってフロントへ行くよう合図した。

シンシアはフロントへ飛んでいった。「こんにちは、カルヴァン。お元気？」

カルヴァンはほほえんだ。初対面のときと違い、今は心からの笑顔を見せている。

「上々でございます、ミス・デンプシー。荷物をお預かりしております。かなり重いものですよ。誰かにお部屋まで運ばせましょうか？」

「助かるわ。ありがとう」

シンシアが部屋に入って少ししてから、玄関の呼び鈴が鳴った。ドアを開けると、アパートメントの従業員ロナルドが大きな白い箱を抱えている。

「あら、まあ」シンシアは邪魔にならないように引き下がった。「奥のテーブルに置いて」

ロナルドが去ったあと、シンシアは箱に近づいた。配達伝票の受取人は彼女になっている。いったい何が入っているのか想像がつかない。そこで、引き出しからはさみを取りだしてテープを切った。

箱のなかに入っていたのは大きな最高ランクのミシンだ。ひとりで箱から取りだすのは無理なので、上から見るしかない。真っ白な本体のところどころにクロムめっきを施した金属が使われている。梱包《こんぽう》材料の端に取り扱い説明書が貼りつけられている。帰宅したウィルに箱から中身を取りだしてもらうまでにしばらく時間があるので、手はじめに説明書をじっくりと読むことにしよう。

説明書を読み終えたころ、玄関にウィルの足音が響いた。シンシアはソファから立ちあがって彼を出迎えに行った。彼女の顔に浮かぶ表情を見るなり、ウィルはキッチンのほうを向いた。そこにはまだ大きな箱が置きっぱなしになっている。

「届いたんだね」

「ええ！　私のために買ってくれたのね。ありがとう」

「今朝、注文したんだ。これは最上位機種らしいよ。店員に今日じゅうに配達するよう言っておいた」

シンシアはためらうことなくウィルに抱きついてキスした。もちろん感謝の気持ちを伝えるためだが、唇が触れあった瞬間、何が目的なのかわからなくなった。ウィルはウエストに腕を絡ませてシンシアを引き寄せる。公園でキスをしたときからよそよそしい態度をとっていたので、彼にはもう気がないのではないかと思われた。けれど、ウィルが彼女の口のなかで舌を遊ばせ、もどかしそうに体をまさぐると、そんな疑念は消え去った。

ウィルに抱かれているのはとてもいい気持ち……。まったく違和感がない……。ほかのものとはまったく違う。毎日、自分が死体泥棒になったような気分で過ごしている。シンシア・デンプシーという女性の皮を着て、彼女の人生を歩んでいるような感じ。何ひとつ現実だともふつうだとも思えないけれど、デザイン画を描いているときとウィルと一緒にいるときは別だ。

ようやくシンシアはウィルから体を離した。「本当にありがとう」

「どういたしまして」ウィルは曖昧な笑みを浮かべた。「こんな反応が返ってくるとわかっていたら、二年前にミシンを買ったのに……いや、先週にでも」

ウィルに抱かれたまま、シンシアはほほえんだ。「説明書を読んで使い方を勉強していたのよ」

ウィルはシンシアを放して二、三歩引き下がった。「もう勉強しているのか?」

「ええ、明日の午前中には動かせると思うわ。今夜、ちょっと出かけられないかしら? 少し材料を買いたいの。生地と糸と、できたらボタンも」

ウィルはパソコンの入ったバッグを床に置き、スーツの上着を脱いだ。「いいとも。実は、今夜はきみを食事に連れていくつもりだったんだ。途中で生地の店に寄ろう。ちょっと着替えさせてくれ」

アパートメントを出たあと、ふたりはタクシーをつかまえてガーメント・ディストリクトへ行った。旧式なエレベーターに乗って三階にあがると、シンシアは神聖な教会に足を踏み入れるような気分で〈ムード〉に入った。彼女が店内に消えたあと、ウィルは出入口付近にいて電話で仕事をした。

三十分後、シンシアは必要なものをすべてつめこんだ大きな袋を持ち、意気揚々と店から出てきた。人台は大きすぎて袋に入らないので、明日、配達してもらうことになっている。

楽しいひとときを過ごしてシンシアはわくわくしていた。こんなふうに全身に活力がみなぎるのは事故以来、初めてだ。まるで新たな可能性を探る道が切り開かれたかのよう。運命は過去の扉を閉めたけれど、エレベーターのドアが開いたとき、新たな未来に通じる窓が開かれたような気がした。

「店にあるものを全部買いしめたのか?」ウィルが一階のドアを開けると、シンシアは元気よく外へ出ていった。

「今日はやめておいたわ。来週はそうするかも」

「目的があるのはいいことだ」ウィルは声をあげて笑った。「そろそろ食事に行こうか?」

「ええ」

「この近くに前から行ってみたいと思っていたステーキハウスがあるんだ。そこでいいかな?」

「いいわ」

レストランに入ったとき、自分の服装がくだけすぎているような気がして、シンシアは立ちどまった。薄暗い店内の壁には鏡板が張られ、ワイン色のクロスのかかったテーブルにはきれいにたたまれたナプキンが置いてあり、たくさんの食器が並んでいる。パンツにセーターという格好はこの場にそぐわない。いつまでも立ちどまっているとドアが閉まらないので、ウィルは彼女を押して前に進ませた。

「ここは高級すぎるわ」シンシアは小声で言った。

「大丈夫だよ」ウィルは接客係のほうに彼女を押しだした。「ふたり用のテーブルを頼む」

シンシアはウィルと接客係のあとについて歩いていった。案内されたのは店の奥にある小部屋で、そこならほかの客に邪魔される心配はない。

「当店が厳選したワインをお試しになりますか?」ウエイターがやってきてたずねた。

ウィルは期待に満ちた目つきでシンシアを見たが、彼女はなんと言ったらいいのかわからなかった。ウィルから私がワイン好きだという話を聞いたけれど、今、本当に飲みたいのは冷えたダイエットコーラだ。彼女は正直にそう言った。

ウィルはうなずいた。「こちらの女性にはダイエットコーラを。僕にはメルローを頼む」

料理の注文を終えたあと、ふたりは飲みものを飲みはじめた。そのとき、初めてシンシアはこのレストランに漂うロマンティックな雰囲気に気づいた。ふたりがいる静かな小部屋はとくにそうだ。大きな石造りの暖炉のなかで勢いよく火が燃えているので、まわりにあるものすべてが黄金色に輝いている。まだもとどおりになっていない肌もきれいに見えるといいのだけれど。揺らめく炎はウィルの骨張った顔に影を投げかけ、薄いブラウンの髪を濃いマホガニー色に染めている。テーブルの反対側からじっとこちらを見つめる目には炎が映っている。

シンシアは息を吸いこみながら唇を湿らせるために舌を出した。ウィルの視線が彼女の唇に下がったかと思うと、すぐにまた目に戻った。その熱いまなざしにシンシアは自分の体を強く意識した。そして彼の体も。ウィルはダークグリーンのボタンダウンのシャツを着ている。かたい筋肉が束縛から解き放たれようとしているのか、胸や肩のあたりの生地がぴんと張りつめている。先ほどウィルに抱きしめられたとき、シンシアは取りとめのない想像をした。私が彼の素肌に触れたら、筋肉はどのように動くのだろう？　かたい胸に私の胸が押しつけられたら、どんな感じなのかしら？

「すてきなお店ね」シンシアはグラスを取り、急に渇いた喉を潤すためにダイエットコーラを飲んだ。

「そうだね」ウィルは椅子の背にもたれた。「ここに決めてよかった」

「お仕事はどんな具合なの？」

「相変わらずだな。今日、きみのお父さんに会った」

「ええ、この前母と食事をしたとき、父があなたと会う話をしていたわ。父は元気だった？」

「ああ。ふたりで共同事業の話を煮つめたんだ。春には着手する運びになるだろう」

「何をするの？」

「電子書籍リーダーの事業計画を進めているんだ。お父さんの会社の人間が軽くて薄くて安価なタッチスクリーンを考案したから、近いうちに誰もが持つようになるだろう。僕たちは新聞の長期購読者に無料配布したいとも思っているんだ」

「あなたの新聞社は経営が苦しいの？」

「いや、今のところは順調だ。だが、そうじゃない新聞社も多い。問題は最近のインターネットの普及率なんだ。数年前にうちの社でもオンライン購読を開始したが、電子書籍リーダーはつぎのヒット商品になる。僕は〈オブザーバー〉と〈デンプシー・コーポレーション〉をその先駆けにしたいんだよ」

「だから私たちは結婚しようとしていたの？」

「いや、それはプロポーズの理由じゃない」

「でも、私が変わってしまっても一緒にいる理由はそれなのね」

「僕たちにはそれぞれ結婚する理由があったんだよ。たとえそれが間違っていたとしても」

「この共同事業は堅実なビジネスなんでしょう。どうして契約を成立させるために私と結婚しなければならないの？」

「そういうことじゃないんだ。僕のプロポーズはきみのお父さんの会社とはなんの関係もない。共同事業の話はあとから出てきたんだ。ただ、それがあったから、きみが扱いにくくなっても我慢しようという気にはなったけどね。お父さんは家族と仕事をするのが好きなんだ。婚約を解消したときにも、お父さんに知られたらこのプロジェクトはご破算になるかもしれないということはわかっていた」

「二度目の挑戦がうまくいかなかったら、あなたの会社は打撃を受けるの？」

「いや。だけど、プラスにはならないだろうね」

「父と話してみましょうか。婚約解消したのは私のせいなのだから」

「ありがとう。だが、まだきみの助けは必要ない」

ウィルはシンシアの手をつかんだ。彼のぬくもりが彼女の手を包みこみ、腕のほうに広がっていく。シンシアの手の上でウィルの親指がゆっくりと円を描きながら動くと、彼女は背筋がぞくぞくした。目を閉じて彼の指が引き起こす甘美な感覚に浸りたいけれど、ブルーの瞳に見据えられて身動きできない。

「どうして二度目の挑戦がうまくいかないと思うんだ？」ウィルが笑顔を見せたので、シンシアはもう少しでうまくいくと信じそうになった。

もう少しで……。

5

「シンシアにキスしただって？」

アレックスがあげた大きな声は、社長室の壁を突き抜けて〈オブザーバー〉本社の廊下に響き渡っているだろう。

「ちょっと声を落としてくれないか？　僕はあえて好奇心の強い人間を雇っているが、みながみな、新聞記者とはかぎらないんだからね。秘書は大のゴシップ好きなんだ」ウィルは椅子から立ちあがってドアを閉め、邪魔者が入らないように鍵をかけた。

「きみがフィアンセにキスしたからといって、どんなゴシップになるんだ？」

「シンシアはもうフィアンセじゃない」

アレックスは来客用の椅子に腰をおろした。「だけど、婚約解消の話を知っているのは僕だけだよ。この前会ったとき、きみはシンシアが元気になりしだい、あそこを出ると決めているようだった。あれから何が変わったんだ？」

ウィルはふたたび椅子に腰をおろした。「何も変わっていない。それなのに、何もかも変わった」

「この前、きみがにやついているのを見たとき、シンシアにめろめろだというのはわかったよ」

「こんなに女性に夢中になったことはないんだ」

「それで、ずっと一緒にいるつもりなのか？」

「いや……そうだ……当分のあいだは。明日の朝、シンシアの攻撃的な気性が戻ったとしても、彼女が全快するまでは我慢するつもりだ。だが、再出発して様子を見ようと決めたものの、まだ気がかりなんだ。こんなことをしたらひどい目に遭うだけじゃないか、と」

「それなら、どうしてキスしたんだ？」

「したかったからさ。しばらくキスなんかしたいと思ったことがない。それなのに、急にふたりのあいだで不思議な力が働いたんだ。シンシアに近づくたびに妙に気持ちが高ぶる。まるで別人と一緒にいるような感じなんだ。やさしい女性と新たな関係を築いているような。彼女はくすくす笑うんだよ」

アレックスは不思議そうに眉を吊《つ》りあげた。「シンシアが？」

「一度だけじゃない。最初は手探り状態だったが、今は自分のやりたいことがわかったので、元気いっぱいでうきうきしているよ。僕も彼女と一緒にいるのが好きなんだ。彼女が楽しそうにしていると、僕も楽しい。この前、ミシンを買ってあげたんだ」

「どうして？」

「シンシアが気に入ると思ったからだが、予想的中だった。彼女は仕事部屋を片づけて、こつこつと服作りを続けているよ」

「そんなことをしているのか？」

「ああ。広告代理店に戻ってよくわからない仕事をするわけにもいかないだろう。僕がやりたいことをするよう勧めたら、シンシアは服作りを始めた。とっても喜んでいるよ」

アレックスはうなずいた。「きみも喜んでるんだろう。それなら、どうして大騒ぎしているんだ？」

「こんなことは間違っているんだ！」ウィルはデスクに拳をたたきつけた。何かをたたくことで自らの攻撃性を発散させたのだ。彼のなかでは鬱積した欲望、困惑、いら立ちが渦巻いている。「僕は出ていきたいのに、シンシアは引き戻そうとする。わざとそうしているのではないかと思ってしまうんだ。婚約を解消したとき、問題は解決できると彼女は言い張っていた。破談になって恥ずかしい思いをしたくなかったんだよ。戻ったら話しあうと言って、婚約指輪をはずそうともしなかった。そもそも今回の件はでっちあげで、シンシアが僕をだまして引きとめようとしているのだったらどうする？」

「記憶喪失のふりをしているというのか？」

「シンシアならやりかねないよ。あのとき、僕は彼女を信じられなかったし、今でも信じられるかどうかよくわからない。一年以上ものあいだ、彼女は嘘《うそ》をついていたのだから」

「だが、飛行機が墜落してもう少しで死ぬところだったんだよ。いくらシンシアだって、前もってそんな計画は立てられないだろう」

ウィルは顔をしかめたが、彼の主張はあっという間に崩れた。確かにアレックスの言うとおりだ。僕は被害妄想に陥っているのだ。「ああ、とんでもないことになった」

アレックスは椅子から立ちあがり、小さなカウンターのほうへ歩いていった。「一杯やるかい？」

「いや、勝手に飲んでくれ」

アレックスはグラスにスコッチを注《つ》ぐと、一枚ガラスの大きな窓のほうに歩いていった。

「今回はきみもしくじったな」

「どういうことだ？」

不動産開発業者はウィルのデスクのほうに戻り、また椅子に腰をおろした。「きみは白紙に戻そうと言っておきながら、まだ過去にこだわっている。シンシアを見習えばいいじゃないか。過去は忘れるんだ。〈デンプシー・コーポレーション〉との共同事業も。婚約していたことも」

ウィルはとても信じられないという目つきで友人を見た。「ああ……わかった」

「そういうことはいっさい抜きにして、自分にきいてみるんだ。シンシアが欲しいのか？」

「ああ」

「ほかの場合、何か欲しいと思ったらどうする？」

「手に入れる」

「手に入れるだけじゃない。取りに行くだろう。生徒会長になりたいと思ったとき、きみは誰にもまねできないような選挙運動をした。大学時代、ポロチームのキャプテンになりたいと思ったときには、フィールドで誰よりもがんばったじゃないか。シンシアは人気者で、どんな男でもより取り見取りだった。だが、きみは目標を高いところにおいて、彼女を射とめたんだ。きみはなんだってやってのける。どうやらシンシアはきみに惹《ひ》かれているし、きみも彼女に惹かれているようだ。何も問題ないだろう？」

「そんなに簡単な話じゃないんだ。きみのシナリオではそうだろうが、ほかにもいろいろな問題があるんだよ。僕は世間から隔絶して生きているわけじゃないからね」

「だけど、きみたちが新しい関係を築こうとしたからといって、誰も困らないだろう？」

「確かに誰も困らないだろうな」

アレックスはまたスコッチを飲み、唇を曲げてほほえんだ。「まあ、僕の人生じゃないから、こんなことも言えるんだけどね。だけど、僕がきみなら、とにかくやってみるよ。今すぐここから出ていって、シンシアを口説くんだ。そして、ふたりの関係が続くあいだは楽しめばいい。彼女がもとに戻って、ふたりがまた憎みあうようになったら、それはそれで仕方ないじゃないか。とっとと出ていけばいい。墜落事故の前にしぼり取られたものは別だが、その後は何も失っていないのだから」

「彼女がもとに戻らなかったら?」

「万事まるく収まってめでたしめでたしさ」

そんなに簡単な話ではないが、考える価値はある。ウィルは立ちあがってグラスにスコッチを注いだ。

アレックスの言うとおりだ。シンシアに許すと言ったものの、心の奥ではまだためらっている。深い関係になるのを避けている。それは双方にとってよくない。彼女との関係を楽しまなければ。たとえ彼女を愛することができなくても。ゆくゆくは何かがふたりのあいだにあるものを壊すだろうが、できるうちにやってみなければならない。

シンシアは最後の部分を縫い終えると、生地と針をつないでいる糸を切った。それから服を表に返して振った。できあがるまでに数日かかったけれど、ようやく完成した。自分の作品を眺めるうち、思わず顔がほころんだ。なかなかいい。

最初は、作るのがむずかしいかどうかは抜きにして、思いつくままにデザインした。これは五〇年代の雰囲気を漂わせるノースリーブのシャツワンピースだ。前面は縦にボタンが並び、かわいらしい丸襟がつき、ウエストでベルトを締めるようになっている。ゆったりとしたスカートは膝下までの丈。スカートにふくらみを持たせるためにかための生地でペチコートを作ろうかとも思ったけれど、できあがってから決めることにした。

シルエットは上品な感じだけれど、生地は黒と白のゼブラ柄にどぎついピンクと紫が飛び散っている。この生地を見た瞬間、この服のアイデアがひらめいた。生地の端を切りっぱなしにして襟を作り、黒いサテンのベルトをつけた。

これはロカビリー時代と八〇年代の結合。ファンキーでおもしろくて、こんなものを着ている人は見たことがない。少なくともアッパーイーストサイドでは。

シンシアは服を脱ぎ、できあがったばかりのシャツワンピースを着た。ドアについている鏡で自分の姿を見て満足し、ドレスが体にぴったり合っているのでほっとした。ボタンを留めてベルトを締めると、体の線がいっそうきれいに見える。

このドレスに合うのは爪先が開いた黒いエナメルのバックベルトのパンプス。シンシアはベッドルームに飛んでいき、片っ端から箱を開けてぴったりの靴を見つけた。それをはいてリビングルームに行き、床の上でひとまわりした。

そのとき、鋭い口笛が聞こえたので、シンシアは振り返った。

戸口にウィルが立っている。目には感心したような表情が浮かんでいる。彼はほほえみながらドアを閉めた。「驚いたな」

「気に入った？」シンシアが一回転すると、スカートもまわり、その拍子に腿がちらりと見えた。

「ああ」ウィルは唾をのみこんだ。「そんなものは見たことがないよ」

「少し前にできあがったの」

「つまり、きみが作ったということか？」

「ええ。私の作品第一号よ。まだ添え木をしているから、完璧なできではないけれど……」

「ミシン初心者が、たった三日でファッションショーに出してもいいような服を作ったのか？」

「本能が命じるままに動いた結果、うまくいったの。もっと作りたくてうずうずしているのよ。パーティー用のドレスも作ろうと思って」

ウィルはコートを脱いでソファの肘かけに置いた。「ああ、そうか。きみのお母さんが開くパーティーのことだね。街で噂《うわさ》になっている。注意してデザインしたほうがいいよ。マンハッタンじゅうのセレブ専門紙やウェブサイトに載るかもしれないからね」

シンシアはかすかに口を開けてその場に立ちつくした。そんなことまで考えなかった。私が何者なのか、何をしているのか気にする人がいることを忘れていた。パーティー会場にはジャーナリストもいるだろう。カメラマンも。本当にデザイナーになりたいなら、これはいい出発点になる。

あるいは、いい笑いものになって、父親の会社のお飾り副社長になるしかないかもしれない。何を根拠にいつかファッションの仕事をしたいなんて思うのだろう？　勉強したこともないし、実務経験もない。デザイン画を描いたり、はさみを使ったりする能力がずば抜けているからといって、ファッション業界で成功するとはかぎらない。

「やっぱりクローゼットのなかにある服にしたほうがいいかもしれないわね」

「だめだ」ウィルはシンシアに近づいた。「前に着たことのある服で人前に出てはいけない。新しいドレスを買うか、自分で作るんだ。僕は作ったほうがいいと思う。パーティーの出席者全員に教えてやろうじゃないか。シンシア・デンプシーが前よりもずっとおもしろくて、ファッショナブルになって戻ってきたことを」

その褒め言葉にシンシアは頬を赤く染めた。「うれしがらせようとしているだけでしょう」

「そんなことないよ」ウィルは彼女の細いウエストに両手を当てた。彼が指を動かすと、シンシアの体がじわじわと熱くなった。乳房が張りつめ、彼のかたい胸に押しつけられたくてうずいている。

ウィルが近づくたびに、彼が触れるたびに、シンシアの体はこんな反応を示した。自分でも理解できない。これは新たに生まれたものではなく、もっと深いところに根ざした反応に違いない。どんなにがんばってもこの反応を抑えることができない。それなのに、私は浮気をしていたのだ。ウィルに対してこんな反応を示しながら、ほかの男性とつきあうなんてとても考えられない。

ウィルは体を押しつけてくる。シンシアはハイヒールをはいていてよかったと思った。十三センチのパンプスをはいていたら、彼と互角に勝負できる。口と口、胸と胸、かたい下腹部と柔らかいおなか。

「私のファン第一号ができたみたいね」事故の影響でシンシアの声はかすれ、聞きづらいところがある。

「そうだね」ウィルは顔を近づけ、抑えきれない熱情をこめてキスした。

シンシアも負けずにこたえた。この前のウィルのキスにはためらいがあったけれど、今夜は違う。ウィルの舌は彼女の口に侵入し、手は彼女の体を縦横無尽に動きまわる。シンシアはウィルの首に腕をまわして彼の胸に乳房を押しつけ、目覚めはじめた彼の欲望の証《あかし》が自分の下腹部に触れるようにした。

ウィルは唇を重ねたまま、満足げな声をもらした。ゆっくりとシンシアを押していき、リビングルームの壁に押しつける。彼女が手術を受けたことを気遣いながら、顎から首筋へそっと唇を動かしていく。いつの間にか片手は胸のふくらみを包みこみ、生地越しに突きだしている先端を親指でもてあそぶ。

その瞬間、背中を甘美な感覚が走り抜けたので、シンシアは息をのんだ。少しずつ膝をあげていき、ウィルの腰に脚を絡ませる。彼がなおも体を押しつけると、秘めやかな部分にかたいものが触れた。こらえきれずにシンシアは歓《よろこ》びの声をあげた。

首筋にキスの雨を降らせながら、ウィルはワンピースについている大きな黒いボタンをはずしはじめた。シンシアが気づかないうちにウエストまでボタンがはずされ、彼の手が薄いレースのブラジャーの上から乳房を愛撫《あいぶ》していた。

ウィルの唇は首筋から鎖骨、さらに胸の谷間へとおりていく。かと思うと、レースのブラジャーを押しのけてふくらみの先端を口に含む。シンシアは喉の奥からしぼりだすような声をあげ、ウィルの髪に指を絡ませてなおも彼を引き寄せた。

ウィルの手はむきだしの腿の上を滑るように動き、ワンピースをさらに押しあげた。しだいに緊張感が高まり、シンシアの体はぴんと張りつめた。

彼が脚のつけ根にある熱く湿った場所を見つけだしたとき、シンシアは今にも弾《はじ》けてしまうのではないかと思った。シルクのショーツの上から敏感な部分を愛撫され、体はとろけそうになったけれど、それだけでは足りなかった。とても足りない。

「ウィル、お願い」シンシアはささやいた。

ウィルは彼女の胸から顔を離した。「なんだ？　何が欲しいのか言ってくれ」

「あなたよ」彼女はやっとのことで言った。

　ウィルが手を引っこめたので、シンシアはこれから思う存分愛しあおうと心を決めた。そのとき、小さな音が鳴り響いた。彼が手を止めたのは電話がかかってきたからなのだ。シンシアは彼の携帯電話を放り投げようかと思った。ところが、鳴っているのは近くのテーブルに置かれたコードレス電話だ。画面に表示されたのはいちばん見たくない番号だった。こんな遅い時間にあの人から電話がかかってきたのは初めてだ。シンシアは顔に浮かんだ慌てふためいた表情をすぐに隠すことができなかった。誰がかけてきたのかわからないふりをすることも。

　ウィルが一歩引き下がったので、仕方なくシンシアは力の入らない脚で体を支えた。彼の目を見ると、すでに情熱の炎は消えて、入院中に見たのと同じ冷ややかな表情が浮かんでいた。口はかたく結ばれ、怒りのせいか顔が少し赤くなっている。

　ウィルはくるりと向きを変えて去っていき、大きな音をたてて玄関のドアを閉めた。シンシアは壁にもたれたまま座りこみ、両手で頭を抱えた。まだ電話は鳴っている。電話機を取って力いっぱい壁に投げつけると、壊れてばらばらに飛び散った。

　ナイジェルがまた電話をかけてきた。どうやらウィルもその番号に気づいたらしい。

6

ウィルは腕時計を見た。もう十時を過ぎている。アパートメントを出てからずっと歩き続け、どうしたらいいのか考えていた。冷たい夜風が身に染みるので、ズボンのポケットに手を突っこまざるをえないが、心のなかに渦巻く怒りほどは気にならない。あんなばかなまねをしたのだから、罰を受けるのが当然だ。

もう少しで一線を越えるところだった。アレックスのアドバイスに従って自制心を捨てようとした。そうしたらどうなった？　シンシアの浮気相手がまた電話をかけてきたじゃないか。

あれくらいのことは大目に見てもよかったのだ。シンシアにはあいつが電話をかけてくるのをやめさせることができなかったのだろう。だが、あのとき、彼女があいつの番号を覚えていないではほしいと思った。知っているはずの人間と会ったときと同じように、目にうつろな表情を浮かべてほしいと。

ところが、シンシアの顔に浮かんでいたのは慌てふためいたような表情だった。誰からの電話なのか気づいたのだ。あのときは胸が苦しくなり、息をすることもできなかった。だからアパートメントを飛びだし、新鮮な空気を吸わなければならなかったのだ。

シンシアは両親も友人も覚えていない。二年前から婚約している僕でさえ赤の他人同然なのだ。彼女はホットドッグが好きかどうかも覚えていないのに、あいつのことは覚えている。鮮やかなグリーンの瞳にはかすかな期待感が表れていた。誰からの電話なのか僕にはわからないことを。過去を忘れたいという彼女の言葉を僕が信じることを。だが、やはり彼女を信用すべきではなかった。僕を裏切った女性はまだあそこにいるのだ。

公園で誰もいないベンチを見つけると、ウィルはどさっと座りこみ、これ以上足をいじめるのをやめた。仕事用の靴は長時間の散歩には向かない。まだスーツ姿のままだが、上着はアパートメントに戻ったときに脱ぎ捨てた。

飛行機事故はもう一度やり直すチャンスになるはずだった。シンシアの浮気や不愉快な思い出は忘れるはずだった。ようやくこのチャンスに賭ける決意をした矢先に、彼女にぶち壊されてしまった。

通りの反対側にあるバーのネオンが点滅し、いらっしゃいと呼んでいるようだ。ウィルはウイスキーで怒りを和らげようかとも思ったが、飲んでも状況が改善されるわけではない。

夜中にマンハッタンを歩きまわっても何も解決しない。外に出たおかげで頭ははっきりしたし、軽率なことをせずにすんだが、この状況を乗りきるにはアパートメントでぐっすり眠ったほうがいいのだ。

少ししか休んでいないのにベンチから立ちあがり、ウィルは最短コースを通ってアパートメントに戻った。玄関の照明はついたままだが、ほかは真っ暗だ。リビングルームのスタンドをつけると、明かりを受けてかつて電話だったものの残骸が浮かびあがった。石膏《せっこう》ボードがへこんでいるところを見ると、シンシアが壁に電話を投げつけたようだ。

プラスチックや金属の破片をよけながら、ウィルはマスター・ベッドルームに向かった。シンシアが退院した日の夜からそこには足を踏み入れていない。シンシアが環境に順応するあいだ、彼女の私的空間に立ち入らないようにしてきたのだ。

だが、今夜は違う。ウィルがドアの取っ手をまわすと、廊下の明かりが室内に入りこみ、キングサイズのベッドに光の筋が走った。かろうじて毛布の下にある小さなかたまりが見てとれる。彼はベッド脇のテーブルに置かれたスタンドをつけた。

シンシアは胎児のように体を丸めて寝ていた。手にはティッシュペーパーが握られ、反対側にあるテーブルの上には使用ずみのティッシュペーパーが散らばっている。彼女の頬に残っているのは涙の跡。

「シンシア」ウィルはそっと彼女を揺すった。

シンシアは何ごとかつぶやいたかと思うと、寝返りを打って体を伸ばし、まばたきしながら目を開けた。だが、ウィルを見たとたん、大きく目を見開いて勢いよく起きあがった。顔には驚きと戸惑いの表情が浮かんでいるが、しだいに寝起きのぼんやりとした表情は消え、目つきが厳しくなった。彼女は脚を縮めて胸もとに引き寄せ、ベッドのヘッドボードにもたれる。

ウィルはベッドの端に腰をおろし、シンシアが気まずい思いをしないよう壁のほうを向いた。

「どうしてナイジェルがまた電話してくるんだ？」ウィルは淡々ときいた。

「わからないわ。退院した日の夜、あなたが夕食を買いに行っているあいだにあの人が電話してきたの。私の知り合いだというようなことを言い続けていたけれど、私には覚えがなかったわ。でも、すぐに事情はのみこめたけど」シンシアは首を振り、手に持ったティッシュペーパーに目を向けた。「あの人はしつこく会おうと言い続けていたわ」

シンシアは目に涙を浮かべながらウィルを見た。彼女が泣いているのを見るのはつらい。ウィルは手を伸ばして慰めたかったが、体が動かなかった。

「そのとき、あなたが言っていたことを思いだしたの。これからどういう自分になるのか、選ぶのは私だということを。だからあの人に言ったの。会うつもりはないし、電話をかけてくるのはやめてください、と」

ウィルは膝の上で拳を握りしめた。シンシアの言葉を信じたいが、今まであまりにも多くの嘘《うそ》を聞かされてきた。「どうして話してくれなかったんだ？　僕たちはもう一度やり直すのだから、おたがいに隠しごとはしないと思っていたのに……」

「いやな話を蒸し返したくなかったのよ。それに、しばらくは電話もかかってこなかったわ。それが、またかかってくるようになったの。でも、出なかったけれど」

「きみを信用できるのかどうかわからない。信じたいのに、だめなんだ」

シンシアは毛布をはねのけると、ベッドの端に行ってウィルの隣に座った。彼女が身につけているのはサテンのパジャマのズボンと揃《そろ》いのタンクトップだ。ふたりの体は触れあっているわけではないのに、彼女のぬくもりがウィルに伝わってくる。たちまち彼の体は活気づいた。彼女の肌の香りが鼻孔から入りこむと、頭がうまく働かなくなる。こんな状態がウィルはいやだった。シンシアを軽蔑しなければならないのに、まだ求めているのだから。それでも彼は身を引かなかった。

「あなたには私を信用する理由がないでしょう。私にもあなたを信用する理由がないわ。私たちは知らない者同士なんですもの。でも、私はそれ以上の関係になりたい。この関係がうまくいってほしいの。でも、どうすればあなたに嘘をついていないことを納得してもらえるのかわからないわ」

シンシアは婚約指輪をはずすと、スタンドの明かりを受けてきらめく宝石を見つめた。

「これは私のものじゃないわ。あなたが別の人にあげたものよ」

シンシアはウィルの片手をつかみ、拳を開かせててのひらに指輪を置いた。

「あなたの心配はわかるわ。ある日、以前の私に戻るんじゃないかと思っているんでしょう。でも、あなたの言ったとおり、私は選ぶことができるのよ。明日、記憶が戻ったとしても、過去の私にはならないと約束するわ。あなたとの関係がうまくいくようにしたいの。記憶喪失になっていてもいなくても」

最初からウィルにはわかっていた。シンシアの記憶が戻ればふたりの関係は壊れてしまう。以前の人格が戻ったら、彼女に惹《ひ》かれる気持ちは消えうせるだろう。だから最後の砦《とりで》を死守して、あまり近づかないようにしているのだ。それなのに彼女はその砦を取り払い、僕を無防備な状態にして、一緒に新たな可能性を追求しようというのだ。

「過去の残骸から新しい関係を作りあげましょう。デートしておたがいのことをよく知るようにしましょうよ。家族も含めて、世間の人たちには私たちが婚約していると思わせておけばいいわ。そしてもし……」シンシアはウィルが指輪を持っている手に自分の手を重ねた。「あなたがもう一度それを贈りたいと思ったら……そのときはいただくわ」

ウィルのもう片方の手がシンシアの手に重なった。「わかった」その顔にはまだ不安げな表情が浮かんでいる。

「あなたのことを知るのが楽しみだわ」シンシアはぎこちなくほほえんだ。「今までにわかったことは気に入っているけれど」

「しばらくデートなんかしたことないな。腕が鈍っているかもしれないよ」

「大丈夫。私はデートに行った記憶がないから、簡単に感動するわ」

「きみの期待が大きすぎなくてよかった」ウィルは横を向いて彼女の唇にそっと唇を重ねたが、すぐに身を引いて立ちあがった。「おやすみ」

シンシアはウィルに行かないでほしかった。ここにいて先ほど途中でやめたことを始めてほしいけれど、それはよくない。でも、ふたりの新たな関係のように、今のキスには希望があったからそれでよしとしなければならない。

「おやすみなさい」シンシアが言うと、ウィルは部屋から出ていき、静かにドアを閉めた。

シンシアは明かりを消したが、同時にそんなことをしても無駄だとわかった。とても眠ることなどできない。コーヒーをがぶ飲みしたかのように目がさえてしまった。何もかもだいなしにしたと思って泣きながらベッドに入ったのに、今は目の前に新たな可能性を秘めた世界が広がっている。ウィルと話しあった結果、頭のなかをさまざまな思いが駆け巡っている。一時間近く闇のなかで横たわり、早く眠りにつけるよう祈ったけれど、だめだった。

明日は早く起きなくてもいいし、行くところもないから、もっといいことにエネルギーを使おう。そう心に決めたシンシアはベッドルームを抜けだして仕事部屋に行き、デザイン画を描くことにした。

快気祝いのパーティーのためにドレスを作る計画が重く心にのしかかっている。これは大仕事だからできるだけ早く取りかからなければならない。このような行事にふさわしいドレスは今まで作ったものよりも複雑だ。また、きちんとデザインされた、私の美意識に合ったものでなければならない。新聞に取りあげられる可能性があるなら、ファッションショーのフィナーレに使えるようなイブニングドレスにしよう。見る人をあっと言わせるようなドレスに。

シンシアはスケッチブックを取ってページをめくり、想像力を刺激するデザインはないか探した。今までにレトロな雰囲気やモダンなスタイルのカジュアルウェアやセパレーツをたくさん描いている。そのなかで昼間着る服のスケッチが目に留まった。このデザインを使うとなると、エレガントでフォーマルなものに描き替えなくてはいけない。これは細身のスカートがついたワンピースで、ネックラインがハート形になっており、白いドレスシャツの上部にコルセットをつけたように見える。オフィスで着るのにふさわしいしゃれた服だ。

シンシアは白紙のページを開き、色鉛筆を取りだして新しいデザインを考えはじめた。このドレスも体の曲線に沿ったほっそりしたシルエットにするけれど、膝丈ではなくて、たっぷりと生地を使ったマーメイドラインのスカートにしよう。トップはストラップレスにし、同じようにハート形のネックラインにして、真んなかのくびれが胸の谷間に入りこむ形にしよう。

シンシアは時間が経つのも忘れてスケッチに没頭した。しばらくして、目をこすりながら椅子の背にもたれ、自分が描いたものをほれぼれと眺めた。パーティーに間に合うようにこのドレスを作るのは大変だけれど、なんとかなるだろう。最後にもうひとつ決めなければならないことがある。色だ。

今まで描いていた服は黒と白の地に鮮やかな色を散らしたものが多い。このドレスを黒にしたらすてきだけれど、充分に目立つだろうか？　ほかの作品に使った鮮やかなピンクや緑がかった青は目立ちすぎる。シンシアの視線は真っ赤なソファに積みあげられた生地のほうへ動いていった。すると、まだ使ったことはないけれど、簡単には使えない色の生地が目に留まった。これでドレスを作ったらすばらしいものができあがるに違いない。テーブルからその色の鉛筆を取ってドレスに彩色すると、デザイン画が生き生きとしたものになった。完璧だ。

その色は彼女の目と同じエメラルドグリーンだった。

翌日、仕事が終わると、いつの間にかウィルはフラワー・ディストリクトに来ていた。デートに関して少し腕が鈍っていると言ったが、あれは冗談ではない。ハイスクール時代や大学に入って最初の二年間はデートもした。だが、三年生になってシンシアとつきあいはじめると、そういうこともなくなった。女子学生はあまり求愛されることを望まないし、シンシアも花とかチョコレートといったつまらないものは欲しがらなかった。彼女が欲しがったのはダイヤモンドだ。シンシアがはっきりと要求しなかったら、あんなに派手な婚約指輪は買わなかっただろう。

しかし、今はシンシアが何を求めているのかわからない。いや、わかっている。彼女は何も要求していないから、なんでも喜んで受け入れるだろう。そうなると、かえってむずかしい。彼女が簡単に喜ぶからといって、手抜きをしたり、努力を惜しんだりしたくない。

ウィルは薔薇《ばら》の花束を取った。生き生きとしたピンクの薔薇はキスしたあとのシンシアの顔を思いださせる。ピンクは彼女の好きな色だ。彼はカウンターへ行って薔薇の代金を払うと、待たせておいたタクシーに乗りこんだ。彼女がこの花を気に入ってくれるといいのだが……。

アパートメントに着くと、玄関には入らずに呼び鈴を鳴らした。シンシアが走っているのか、ドアの向こうから足音が聞こえてくる。

「鍵を忘れた――」シンシアはドアを開けたが、ウィルが持っている花束が目に入ったとたん、言葉がとぎれた。「まあ」ぱっと顔が明るくなった。

「今夜は食事に連れていくよ」ウィルは花束を差しだした。「さあ、これを……」

「ありがとう。まずこれをお水に入れてから支度をするわ」

ウィルは玄関に入ってドアを閉めた。

シンシアは花瓶に花を生けてからキッチンのテーブルに置いた。「きれいだわ。ありがとう」

「どういたしまして。六時半にレストランの予約を入れておいた。遅れないように行くなら、急いだほうがいいよ」

シンシアは時計を見てはっと息をのむと、すばやく向きを変えてアパートメントの奥に姿を消した。十分後、ふたたび現れた彼女は黒いタイトスカートをはき、細部とステッチに黒を使った、ひだ飾りつきの白いブラウスを着ている。髪はアップにし、口紅をつけた唇はふっくらしてさくらんぼのように見える。

「すてきだよ」

「ありがとう。大急ぎで支度してきたの」

「がんばったね。このぶんだと早めに着いてしまうかもしれないな」

ふたりはタクシーでレストランに向かった。そこは高級なイタリアンレストランだが、上流階級の人間がよく行く店ではないので、知り合いに出くわす心配はない。とはいえ、シンシアは誰も知らないが。

ふたりはワイン色の革が張られたブース席に案内された。テーブルはろうそくの柔らかな光に包まれている。ソムリエがワインリストを持ってきたので、ウィルはシンシアの代わりに注文しようと思ったが、すぐにやめた。「ダイエットコーラがいいかな？　それとも、今夜はワインを飲んでみる？」

シンシアはちょっと考えこんだ。「ワインを試してみようかしら。でも、軽くて甘いものがいいわ」

ウィルはソムリエと話をしてシンシアにはリースリングの銘柄を、自分にはカベルネ・ソービニヨンの銘柄を選んでもらった。料理を注文したあと、ウィルとシンシアはふたりきりになった。

「ふつう、初デートのときは相手の女性のことをきくんじゃないかな。何が好きなのかとか、どこで育ったのかということを。残念ながらきみには答えられないね」

シンシアは笑いながらワインをひと口飲んだ。「うーん……おいしいわ。これを選んでくれてありがとう。むずかしいかもしれないけど、話しているうちにあなたと私のことが少しはわかるようになるかもしれないわ。やってみて」

「わかった」ウィルは外側がかたいパンをちぎって、ハーブが入ったオリーブオイルに浸した。「それならもっとむずかしいことに挑戦しよう。無人島に閉じこめられるとして、三つだけ持っていってもいいと言われたら、何を選ぶ？」

「そうねえ、何もないところなら、食料と水と歯ブラシを持っていくかしら。そういうものがあるなら、本と鉛筆つきのスケッチブック、それに太陽電池つきのＭＰ３プレーヤー。

あなたはどうなの？」

「基本的に必要なものが揃っているとしたら……」ウィルは首を振った。「何も思い浮かばないな。暇な時間ができても、どうしたらいいのかわからないんだ」

「楽しむために何をしたいの？」

「楽しむ？僕には仕事しかない。ときどきアレックスに誘われてラケットボールをするか、きみに引っ張られてパーティーや芝居を見に行くくらいだな」

「新聞社はヤンキー・スタジアムに専用のボックスシートを持っているんじゃなくて？」

「ニックスのコートサイドシートも持っているけど、たいていクライアントや友達にチケットをあげてしまうんだ」

「どうして？　バスケットボールはきらい？」

「好きだよ。行く時間がないだけだ。僕が誘っても、きみは行きたがらなかったし、アレックスはデートしているか、出張中だったからね」

「シーズンが始まったら見に行きたいわ。おもしろそうじゃない」

「いいとも。ほかにしたいことは？」

「うーん……できたらボウリングも。それから、市内観光みたいなことも。何も覚えていないから、旅行者みたいでしょう」

「自由の女神やタイムズ・スクエアを見に行くということかい？」

「ええ。できたら〝I♥NY〟のTシャツも買いたいわ」

ウィルは吹きだした。「僕は四六時中仕事をしているけど、きみが喜んでくれるなら、時間を作って市内観光につきあうよ」

「うれしいわ。でも、教えて。どうしてそんなに仕事をするの？」

ウィルは考えながらパンを食べた。「父の引退後、僕が社を引き継いだんだが、経営のこつをつかむまでにずいぶん時間がかかった。おまけに家に戻っても緊張状況が続いたから、仕事にのめりこむほうが楽だった。その結果、これが僕の生き方になってしまったんだ」

「ほかの人にはあなたの代わりはできないの？」

「僕が任せれば、たぶんできるだろうね。だけど、僕は現場とかかわっていたいんだ。象牙の塔に隔離されたCEOにはなりたくない」

「なんにでもほどほどというのがあるでしょう。仕事をしているときとしていないときを区別しなくては。デートの最中にしょっちゅう携帯電話を見るのは失礼よと言われたら、なんと答える？」

ウィルはちょっと考えこみ、手を伸ばして携帯電話を見た。それから、険しい目つきで彼女を見たかと思うと、うなずいた。「たぶん、きみの言うとおりだと答えてサイレントにするだろうね」携帯電話を持ちあげてスイッチを押した。

「それで正しい方向に一歩踏みだしたことになるでしょうね。それで、最後に休暇で出かけたのは？」

「きみが事故に遭ったあと、月曜日に休みを取った」

「それは休暇とは言えないわ。私が話しているのは、よく冷えた飲みものを持って砂浜を裸足《はだし》で歩いたりするようなことよ」

「それは大学を卒業したあとだな。父がお祝いに旅費を出してくれたので、きみとふたりで西インド諸島のアンティグアに行って一週間過ごした」

「ずいぶん前の話ね。将来の計画はあるの？」

「ハネムーンだけだよ。バリ島で二週間過ごす予定だ。水上コテージを予約しておいた」

「すてきね。ふたりで何か計画したほうがいいかもしれないわね。かならずしもバリで二週間も過ごす必要はないけれど、あなたを仕事から、私をアパートメントから引き離す計画を」

「きみの言うとおりだ」

そのとき、ウエイターが料理を運んできた。

「まあ」パスタの大皿を見るなり、シンシアはうれしそうな声をあげ、さっそく食べはじめた。

ウィルはその様子を見て楽しんだ。シンシアのすることなすことすべてに興味をそそられる。九死に一生を得ると、人は些細《ささい》なことにも喜びを感じるのかもしれない。フェットチーネのクラムソースあえを食べることにも。彼女に今までとは違う経験をさせたいし、今までとは違うものをたくさん贈りたい。そうするのが当然だからというだけでなく、彼女が心から喜んでくれるからだ。市内観光にも連れていこう。医者の許可が出たら、すぐに近くの島に行こう。彼女が飛行機に乗るのを怖がったら、ヨットをチャーターしよう。しかし、それはみなあとの話。

まず第一にするのは、シンシアに別の新しい経験をさせることだ。アパートメントに戻ったら、彼女の体からあらゆる歓《よろこ》びを引きだそう。

7

食事中、シンシアはふたりのあいだに漂う空気の変化を感じ取った。ふと目をあげると、ウィルが一心に見つめていた。料理にはほとんど手をつけていない。ブルーの目に情熱の炎が燃えているところを見ると、彼が食べたいものはパスタだけではないようだ。ティラミスを食べるのは次の機会にしなければ。このコースを食べ終えたら、すぐにアパートメントに直行ということになりそうだから。それでもかまわない。

ところが、アパートメントに戻ってエレベーターで最上階に向かうとき、急に神経が高ぶりはじめた。私はバージンではないはずなのに、まったく男性経験がないような気がする。どうしたらいいのかしら？　ウィルはベッドのなかでもすばらしい能力を発揮するはずだけれど、私も彼を歓《よろこ》ばせたい。

エレベーターを降りると、ウィルに導かれるまま、シンシアはアパートメントに入った。彼はドアをロックしたあと、近くのテーブルに鍵を置いてリビングルームへ向かった。

ウィルが照明をつけようとしたとき、シンシアはその手をつかんだ。「暖炉だけでいいんじゃないかしら?」本当は真っ暗なほうがいいけれど、子供みたいなことは言いたくない。暖炉の火はあちこちに陰を作ってくれるし、私が隠したい欠点をはっきりと浮かびあがらせないだろう。

ウィルは無言のままうなずき、暖炉の前に敷かれた分厚いラグの上に座るよう身ぶりで示した。シンシアは靴を脱いで言われたとおりにした。ウィルは火をおこしたあと、キッチンへ行き、シャンパンの入った細長いグラスをふたつ持って戻ってきた。

「シャンパンを飲んだことは?」

「ないわ」シンシアはグラスを受け取り、ウィルが隣に腰をおろす様子を見守った。

「では、今夜、経験する出来事をきみが楽しんでくれることを祈って」ウィルはグラスを持ちあげて彼女のグラスに当てた。

シンシアは泡立つ液体をひと口飲んだ。おいしい。もうひと口飲んだ。

「気に入った?」ウィルは自分のグラスを近くのコーヒーテーブルに置いてシンシアに近づいた。

「ええ」彼女は残りのシャンパンを飲み干してグラスを脇に置いた。

「よかった」ウィルはシンシアのうなじに片手を当てて体を傾けていく。ふたりの唇が触れあった瞬間、彼女は頭がくらくらしたけれど、それはシャンパンのせいではない。ウィルの唇は温かくて甘い。髪のなかに入りこんだ彼の指が微妙な動きを繰り返すと、シンシアは目を閉じて彼が作りだす甘美な感覚に酔いしれた。

ふと気がつくと、ウィルのもう片方の手はシンシアの腿の上にある。その手はゆっくりと動きながら少しずつスカートを押しあげていく。彼女の体の芯がじわじわと熱くなった。思わずウィルの胸に手を当てたが、糊《のり》のきいたワイシャツはあまりいい感触ではない。彼の素肌に触れたい。そう思ったシンシアはいちばん上のボタンからはずしはじめたが、ズボンのウエストバンドに到達したとき、手を止めた。ウィルが低い声をもらしたのだ。それを聞いて彼女はますます大胆になり、ワイシャツを脱がして彼の胸をあらわにした。

そう、これが見たかったのだ。シンシアは少し身を引いてかたく引きしまった胸を見つめた。炉火の明かりを受けて筋肉の隆起が目立ち、平らな部分が陰になっている。彼女は滑らかな肌に指を這《は》わせた。今にもおへそに触れようかというとき、腹部の筋肉がぴくっと動き、彼に手首をつかまれた。

「まだだめだ」ウィルはささやくような声で言い、彼女の手を自分の肩へ持っていく。

ウィルはふたたびキスしながらブラウスのボタンをはずしはじめた。シンシアの胸に不安が戻ったけれど、暖炉に背を向けているのでブラウスを脱がされても胸に光は当たらない。ウィルの手は彼女の背中を滑るように動いてブラジャーのホックをはずした。かたときも彼女の唇から唇を離さずに、すばやくブラジャーを取り去って脇へ放り、胸のふくらみを両手で包みこむ。

かたく張りつめたふくらみの先端をつままれた瞬間、シンシアは息をのんだ。強烈な歓喜が体のなかを走り抜ける。ウィルに体を押しつけたいけれど、それだけではどんどんふくれあがる欲望を癒すことはできない。

ウィルはスカートのファスナーを引きおろし、ゆっくりとシンシアをラグの上に横たわらせた。その結果、全身が炉火の明かりに照らされることになったが、ウィルの目に浮かぶ渇望に気づいて彼女はどきっとした。つかの間、不安を忘れて自分が求められている喜びに浸ることができた。これは今まで経験したことのないすばらしい感覚だけれど、むきだしの胸の上を動きまわる唇の感触のほうがはるかにまさっている。彼はふくらみの先端を口で愛撫《あいぶ》しながら、スカートとショーツを引きおろした。かと思うと、胸から口を離して彼女が身につけているものをすべて取り去り、もどかしそうに自分の服を脱ぎ捨てた。

シンシアは肘をついて上半身を起こし、ウィルの様子を見守ったが、動きまわる黒い姿しか見えない。少しして袋か何かを引き裂く音が聞こえたあと、黄金色に輝くブラウンの髪が見えた。彼はゆっくりと近づいてくる。ウィルはシンシアの上に体を重ねて手や口で愛撫したあと、彼女の隣に寝そべった。

ウィルはシンシアを見つめながら彼女の下腹部にてのひらを当て、腿の内側に手を滑りこませた。秘めやかな場所の扉をそっと開き、潤いを帯びた肌に指を遊ばせる。シンシアは声をあげないようにしたが、体の奥から狂おしい感覚がわきあがってくるので、こらえきれずに切なげな声をもらした。

「ウィル」シンシアは消え入りそうな声で言った。彼のすべてが欲しい。その願いがかなうまで満たされた気持ちにはならないだろう。「お願い」

ウィルはシンシアの脚を開かせてそのあいだに腰を据えた。彼女の目からかたときも目を離さずに、ゆっくりと熱く燃える体のなかに入っていく。ついにふたつの体がひとつに結ばれたとき、彼女は声にならない声をあげた。

最初のうち、ウィルの動きは遅かった。耐えがたいほどゆっくりとしたペースでシンシアの体に入ったかと思うと、後退する。と同時に、胸のふくらみに唇で愛撫を繰り返す。

「ああ、ウィル」シンシアはたくましい腕にしがみつくしかなかった。全身に快感があふれだしたかと思うと、一気にのぼりつめた。あっけないくらいに。この感覚にずっと酔いしれていたいけれど、それは許されないようだ。

ウィルの口は乳房から唇に移った。今までよりも体の動きが速くなり、勢いよく突きかかる。シンシアは彼にしがみついた。ふたたび体の奥から高ぶりがわき起こり、耐えがたいほどになった。

シンシアの表情を見てウィルは楽しんでいるようだ。彼女は口を開け、荒い息をしている。彼がさらに激しく突き進むと、彼女は崖っぷちへ追いやられ、もはや恍惚《こうこつ》の世界へ飛びこむしかなくなった。

「そうよ！」シンシアは叫んだ。体のなかで張りつめていたものが弾《はじ》けとんだ瞬間、腰が跳ねあがり、背中がラグから離れた。歓喜の波にのまれながらあげた声は、続いて自らを解放したウィルの声とまざりあった。

シンシアがラグの上に倒れこむと、ウィルは片脚を動かして彼女に体重がかからないようにした。ふたりは息を弾ませ、情熱の余韻に身を震わせながら横たわった。シンシアにとってこれは生まれて初めて経験するすばらしい出来事だった。ウィルの腕に抱かれていると、歓びを感じるだけでなく、安心感を覚える。ウィルにしてみればこれはすばらしいセックスにすぎないけれど、ひとつの出発点だというのは確かだ。ふたりが愛しあうようになったら、そのときはさらにすばらしいものになるだろう。

ウィルは仕事部屋のドアをそっとたたき、シンシアの名前を呼んだ。

「はい？」分厚い木製のドアの向こうからくぐもった声が聞こえてきた。

「今夜は出かけるよ」ウィルは告げた。この数日間、シンシアは仕事部屋に閉じこもっている。彼女が好むと好まざるとにかかわらず、今夜は出かけるつもりだ。彼女が未完成のドレスを着てパーティーに行くはめになってもかまわない。

「でも、ちょっと無理そうだから――」シンシアは言いかけたが、ウィルがドアの取っ手をつかんだので反論するのをやめた。「だめ、今、出ていくわ」勢いよくドアを開けると、すばやく閉めた。「のぞいちゃだめって言ったでしょう」

「きみもかなりの仕事依存症だな。そうとう重症だぞ。今夜は絶対にきみを外へ連れていく」

「本当に無理なのよ」シンシアはあとずさりして部屋に入ったが、ウィルの手が伸びてドアをつかんだ。

「なかに入ったら、追いかけていってきみを運びだすぞ。その前にきみのドレスを隅から隅まで見て、サプライズをぶち壊しにしてやる」

シンシアは観念したようにため息をついた。「少し外へ出てもいいかもしれないわね。でも、仕事ははかどっているのよ」

「よかった」ウィルはジャケットを脱ぎ、廊下を歩いて来客用ベッドルームに行った。

「出かける前に着替えるよ」ネクタイをはずしてシャツを脱ぎ、ベッドに放り投げた。

「私も着替えたほうがいいわね。どこへ行くの？」廊下からシンシアが声をかけた。

「サプライズだよ」ウィルは大声で答えた。

「それでは、何を着ていけばいいかわからないわ」

ウィルは廊下に出てシンシアの服装を見た。彼女はTシャツを着てローライズ・ジーンズをはき、髪はゆったりと垂らしている。これからしようとしていることを考えると、その格好で申し分ない。ウィルがそう言おうとしたとき、シンシアの口が開き、驚きの声がもれた。不思議に思った彼は自分のむきだしの胸に目をやったあと、彼女の赤く染まった頬に視線を戻した。暖炉の前で抱きあったのはつい二日前のことだが、彼女にとって昼間、僕の体を見るのはまったく新しい経験なのだ。

「そんな目つきで見るのはやめてくれ。出かけられなくなってしまうだろう。その格好で大丈夫だよ。ジャケットを着て楽な靴をはいておいで」

シンシアはマスター・ベッドルームへ行き、数分後、ジャケットを着てランニングシューズをはいて出てきた。

ウィルは廊下で彼女と落ちあったが、ジーンズにグレーのポロシャツという服装で、スニーカーをはいていた。

玄関に行くと、ウィルはレザージャケットを着た。

「今夜は〈ル・ベルナルディン〉に行くわけではないでしょう？」

「ああ」ウィルはシンシアとともにアパートメントを出たあと、廊下を進んだ。

「ほっとしたわ。今日は疲れているから、テーブルに肘をつかないようにしたり、どのフォークを使ったらいいのか迷ったりしたくないの」

「そうか」

「ヒントはなし？」エレベーターのなかでシンシアはきいた。

「ああ」

ウィルはシンシアをタクシーに乗せ、シアター・ディストリクト近くにある小さなピザ店へ連れていった。彼女の表情を見ると、その店に入るのを躊躇《ちゅうちょ》しているのは確かだ。初めてこの店に足を踏み入れたとき、ウィルも破傷風の注射を打ったほうがいいのではないかと不安に駆られた。だが、味わってみると、ここのピザは街でも一、二を争うおいしさだった。大きく切ったピザを二枚平らげたころには、シンシアも同じことを考えているようだった。

そのあと、ふたりは歩いて四十二丁目に向かった。劇場の入口に近づくたびにシンシアは期待に満ちた目つきであたりを見まわしたが、ウィルはどんどん歩き続けた。今夜はブロードウエーのミュージカルを見るつもりはない。〝ナイト・イルミネーション・ツアー〟のチケットを買っておいたのだ。大きな二階建てバスが現れたとき、彼は正しい選択だったと確信した。たちまちシンシアの顔が輝いたのだ。二階席に座ると冷たい風に吹かれるが、別にかまわない。それを口実に彼女の体に腕をまわすことができるのだから。シンシアは通り過ぎる名所についてあれこれ質問し、ウィルはできるかぎり答えた。前々から夜のマンハッタンは美しいと思っていたが、シンシアと一緒に眺めると、特別なものに感じられる。

約二時間で名所をすべてまわったあと、ふたりはタイムズ・スクエアの近くでバスを降りた。シンシアが大きな広告板をうっとりと眺めていると、ウィルは〝I♥NY〟Tシャツとマスタードつきプレッツェルを買ってきた。しばらくふたりはそのあたりをぶらぶらしたが、プレッツェルを食べ終わると、シンシアはウィルを〈トイザらス〉に引っ張っていき、屋内観覧車に乗ろうと言い張った。

「きみはマイ・リトル・ポニー・カーに乗るべきだったんじゃないのか？」ふたたび夜の街に出てきたとき、ウィルは言った。「モノポリー・カーにもミスター・ポテトヘッド・カーにも乗れなかったね」

「虹と雲がついたピンクとグリーンのポニーカートに乗ったことに何か問題でもある？」

「きみが五歳の女の子なら問題ないけどね」

「あなたの冒険心はどこへ行ったの？」

「別のズボンに入ったままになっているんだろう」

「ズボンといえば、ジーンズ姿のあなたも好きよ。スーツを着ているときよりもリラックスしているように見えるわ」

ウィルは肩をすくめた。ジーンズをはいているせいとは言いきれないが、確かにふだんよりもリラックスしている。今夜は携帯電話の電源を切る決心をした。新聞社を出る前、秘書と副社長に今夜は〝プラグを抜く〟ことを告げた。そろそろダンも副社長の肩書きにふさわしい仕事をするころだ。

「ジーンズのおかげというよりも、携帯の電源を切ったせいじゃないのかな」

「サイレントにするだけじゃなくて？　本当に切ってしまったの？」

「ああ」

「どうして？」

「きみに働きすぎだと言われただろう。それでちょっと……試してみようと思ったんだ。定期的に携帯の表示画面を見るのは習慣になってやめられないが、これが第一歩だからね」

「近いうちに休暇を取って、会社の外で人生を楽しんでもらうわね」シンシアはウィルの首に腕を絡ませる。「あなたの努力はすばらしいわ。新聞社は何よりも大事なものなのでしょう」

「ああ。だけど、人間も大事だ。僕はリラックスしようとしている。きみとの時間を楽しもうとしているんだ」ウィルはシンシアを見おろした。ネオンの光を反射してブルーの目が輝いている。シンシアの腰に当てられていた手は、今、ウエストに絡みついて彼女を引き寄せる。

シンシアは爪先立ちになってキスを求めた。ふたりの唇が触れあった瞬間、街の音は消えた。

歩道でこのようなことをしていると、まわりから丸見えだ。ウィルはゆっくりとシンシアを押して、店と店のあいだの少し引っこんだ場所に入り、彼女を壁に押しつけた。

ここなら自由にたがいの体をまさぐることができる。シンシアはウィルの胸に手を当ててその感触を楽しんだ。シャツの上から彼の肌に爪を立てると、彼の喉からくぐもった声がもれる。

ウィルが寄りかかると、柔らかな体はかたい体にぴったりとくっついた。下腹部に彼の情熱のあかしが押しつけられたとき、シンシアは息をのんだ。ウィルは目を閉じて、体の奥深くからわき起こる熱い感覚以外はすべて締めだした。彼女の舌に舌を絡ませ、ジャケットの下に片手を滑りこませて、Tシャツの上から胸のふくらみをつかんだ。

「失礼」

ウィルはぱっと目を開けてシンシアから離れた。声のするほうを向くと、近くに騎馬警官がいる。警官はふたりを見おろして首を横に振った。

「最近、タイムズ・スクエアは家族連れで来る人が多いんですよ」警官は言った。「どこかで部屋を見つけたらどうですか？」

「そうですね」ウィルはつい顔がほころびそうになるのをこらえた。

警官は帽子に手をやって会釈すると、馬に合図して歩道を進んでいった。

ウィルはシンシアのほうを向いて彼女を壁に押しつけたが、またキスしようとはしなかった。いったん始めたら、二度目は止められないだろう。「きみにそそのかされて逮捕されるようなことをしないうちに、家に帰ったほうがよさそうだ」道端で客を降ろしているタクシーを見つけて手を振った。

シンシアは何も言わずに背中をそらして、最後にもう一度ウィルの体に体をこすりつけた。

ウィルは歯を食いしばり、懸命に自制心を保とうとした。「さあ、さっさとタクシーに乗るんだ」

8

ウィルにとってこの数日間は我慢の日々となった。パーティーが近づいてくると、シンシアは美術館の展示品のようになった。ただ遠くから眺めるしかないのだ。すでに味見はしているから、もっと本格的に彼女の体を楽しみたい。日が経《た》つにつれて、欲望はどんどんふくらんでいく。

毎朝、一緒に食事をしたあと、ウィルは出社し、シンシアは仕事部屋に入った。帰宅後、彼は無理やり彼女をミシンから引き離して夕食をとった。あと片づけが終わると、いくら引きとめられても、シンシアはすぐに仕事部屋に戻った。本気で説得すればウィルも彼女を引きとめられるはずだが、彼女がドレス作りに熱中する理由も理解できた。彼にとって新聞が大事なように、シンシアにとってもこのドレスが大事なのだ。最善を尽くしたいと思っている彼女の気を散らしたくない。

とはいえ、毎晩、ベッドに横たわり、ミシンの音に耳を傾けながらシンシアを抱きたくて悶々《もんもん》としていた。幸い、禁欲期間も終わりに近づいている。今夜は快気祝いのパーティーが開かれ、シンシアの傑作が明らかになるのだ。

ウィルはオニキスの飾りボタンをつけ終わると、ネクタイの位置を直して黒いタキシードの上着を着た。最後にもう一度鏡に映る自分の姿を見たが、何も問題はない。

ところが、シンシアは一時間以上バスルームに入ったままだ。水の流れる音とドライヤーの音がしたあと、しーんと静まり返ったので、何をしているのかわからない。

ウィルは腕時計を見た。今のところは約束の時間に間に合いそうだ。もうじき階下にリムジンが到着する。自分の持ち物を集めると、彼はソファに腰をおろしてシンシアを待った。

少しして廊下の床に当たるハイヒールの音が聞こえた。シンシアが部屋に入ってきたので、ウィルは顔をあげたが、一瞬、息がつまりそうになった。

彼女のすばらしさを表す言葉はない。ウィルはすばやく立ちあがって口を開いたが、なんと言ったらいいのかわからなかった。シンシアにはそれで充分なようだ。満面の笑みを浮かべながらくるりとまわった。部屋の明かりを受けて、ダークグリーンのドレスに縫いつけられたビーズがきらきら光っている。体にぴったりしたドレスは美しい曲線を浮かびあがらせ、かなり低い位置にあるネックラインは胸のふくらみを惜しげもなく見せている。

首につけているエメラルドのネックレスは、シンシアが広告代理店に入社したとき、ウィルから贈られたものだ。複雑なデザインのゴールドに二十石近くのエメラルドがはめこまれ、いちばん大きな涙型の石が胸の谷間に入りこむように垂れ下がっている。

だが、どんな宝石も彼女の輝きにはかなわない。今夜はダークブラウンの髪をうしろでねじってアップにし、ゴールドの櫛《くし》で留めている。耳からエメラルドのイヤリングが下がっているので、グリーンの目がなおいっそう輝いて見える。完璧な化粧を施した顔はセクシーで謎めいた雰囲気を漂わせている。

医者が添え木をはずしてくれたので、傷跡を隠すために左腕に大きめのゴールドのブレスレットをつけている。今夜、初めて会う人は、彼女が完璧な状態ではないことに気づかないだろう。

「すてきだよ」ウィルはほほえみながらやっとのことで言った。「そのドレスもなかなかいいね」

「ありがとう」シンシアの頬が真っ赤になった。

「もう出かけられるかい？」

「ええ」シンシアはテーブルに置かれた小さな黒いバッグとショールを取った。

アパートメントを出て、薄暗いリムジンのなかでふたりきりになると、ウィルは言う。

「本当に今夜のきみは輝いているね。パーティー会場に着く前にそのドレスを脱がさないようにするのは大変だよ」

シンシアはにっこりしてウィルのほうを向いた。「会場に着くまで離れていたほうがいいかしら？」

「だめだ」ウィルは片腕を背中に、もう片方の腕を腰にまわしてシンシアを引き寄せた。

「あなたが我慢できるように何かしましょうか？」

「何を考えているんだ？」

シンシアはウィルの頬に片手を当てる。「今はキスだけにしておくわ。今夜、退屈して帰りたくなったら、このキスを思いだして」

シンシアはウィルのほうに顔を近づけると、唇を重ねて少し口を開いた。彼女はピーチの味がする。しだいに彼女のキスは激しくなり、滑らかな舌で彼の舌を攻めたてる。

ウィルはシンシアに主導権を取らせた。今の状態で自分が主導権を取ったら、歯止めがきかなくなり、ポーリーンの計画をぶち壊してしまいそうだ。

だが、あっという間にシンシアは身を引いた。

「そのピーチ味のするやつをもっとつけておいたほうがいいよ」ウィルはこわばった笑みを浮かべた。

「ありがとう」シンシアはバッグを開けてコンパクトを探した。

ホテルの前にリムジンが止まったとき、ふたたびシンシアの唇は艶やかに輝き、荒れ狂っていたウィルの欲望も鎮まっていた。

パーティー会場は混乱状態だった。集まっているのは身なりのいい上品な人ばかりなのに、どこもかしこも騒々しくてごちゃごちゃしている。ウィルとシンシアが会場に入っていくと、両親は出席者に挨拶しているところだった。彼女の到着と同時に、正式にばか騒ぎが始まった。

ウィルはシンシアの心情を思いやった。彼女は誰にも気づかれずにこっそり会場に入って、その場の雰囲気に慣れたいと思っていたのだろう。しかし、ポーリーンが娘の到着を告げたとたん、そのチャンスはなくなった。つぎからつぎへと人が近づいてくるので、シンシアは緊張した。みな、彼女の状況を充分に理解しているので自分から名乗ってくれたが、大勢の見知らぬ人に囲まれて彼女は圧倒されているようだ。シンシアはウィルの腕をしっかりと握りしめている。

「ああ、シンシア」ひとりの女性が前に進みでてシンシアを抱きしめた。「とってもすてきよ」勢いこんでしゃべり続けたが、すぐにシンシアがぼんやりしているのに気づいた。「あら、ごめんなさい、うっかりして。私はダーリーン・ウインターズ。『トレンド・ナウ』誌のシニア・ファッションエディターよ。ずいぶん前からふたりでうちの雑誌の宣伝キャンペーンをしているでしょう」

シンシアはうなずいたが、今までとは違う緊張感に襲われているらしい。ダーリーン・ウインターズのような女性なら、デザイナーの道を進みたいというシンシアの夢を実現させることができるからだ。

「よく見せて」ダーリーンはちょっと引き下がった。「すばらしいドレスだわ。誰の作品？」

シンシアは口を開いたが、言葉が出てこない。グリーンの目に浮かんだおびえたような表情に気づき、ウィルは助け船を出した。

「今、きみが目にしているのはシンシア・デンプシーのオリジナル作品だよ。彼女がデザインして作ったんだ」

ダーリーンは驚きの表情を見せた。「今度は服のデザインをしているの？　信じられないわ」

ウィルはシンシアを肘でつついて返事をするよう促した。

「ええ」最初、シンシアの声は小さかったが、話しているうちにはっきりしてきた。「最初のコレクションに取りかかっているところなの。これはそのなかの目玉。自慢の作品なのよ」

「そうでしょうね。ねえ、これはあなたのパーティーだから、あまり時間を取ってはいけないわね。あとで電話して。来週にでも会いたいし、今、作っている作品を見たいの。そのドレスを見ていると、もっと見たい気持ちにさせられるわ」

シンシアはうなずき、去っていくダーリーンに向かってさりげなく手を振ったあと、ウィルのほうを向いた。「こんなこともあるのね？」

「ああ」彼はシンシアのほうを向いてピーチ味の唇にそっとキスした。「怖がらずに仕事の話をしたほうがいいよ。このドレスはすばらしいできなんだから、みんなに自分の作品だと知らせるべきだ」

シンシアはウィルを見あげてほほえんだが、感きわまって目が潤んでいる。オーケストラの演奏が始まると、まわりにいた人たちが離れていき、ダンスフロアでふたりひと組になった。

ウィルはダンスの前に少し緊張をほぐしたかった。「一杯やろう。そのほうがダンスをしやすくなるよ」シンシアに言った。

バーカウンターに近づいたとき、ウィルは目の前にいるブロンドの男性に気づいた。「アレックスじゃないか?」そう言いながらシンシアのウエストに腕をまわして自分のほうに引き寄せる。

受け取ったばかりの飲みものを持ったまま、アレックスは振り返った。「やあ、ウィル」ウィルと握手してからシンシアのほうを向く。アレックスの視線はすばやく彼女の全身を這《は》いまわったあと、ドレスの胸もとで止まった。

「やあ、シンシア」アレックスはほほえんだ。「すごいじゃないか!」彼女の頬にキスする。「きみはドレス作りの天才だな」

シンシアの顔が真っ赤に染まったので、ウィルはなおも彼女を引き寄せたい衝動に駆られた。アレックスは無害だ。彼には彼なりの厳しい行動規範があるから、たとえ〝もと〟であっても、友人の恋人を誘惑しないだろう。

「シンディ？」

シンシアの妹エマが現れたので、ウィルのもの思いは中断した。エマは満面に笑みを浮かべている。パーティーに出席するだけでなく、おしゃれなドレスを着て化粧をすることを許される年齢になったらしい。彼女はかわいらしい女性で、姉とよく似ている。真っ白な肌には染みひとつなく、頬骨は高く、黒っぽい髪は艶やかに輝いている。

シンシアは妹を抱きしめたあと、しばらくウィルから離れて女同士のおしゃべりに興じた。

「どうやらシンシアをたぶらかしてものにしたようだな」アレックスはウィルに近づき、いたずらっぽい笑みを浮かべた。

ウィルはため息をつきながら首を振った。「ひどいことを言うな。だが、よかったら教えてくれ。どうしてわかった？」

アレックスは飲みものをひと口飲み、おもしろさと気遣いがまざった目でウィルを見た。

「困ったことになったな」

ウィルは顔をしかめて友人のほうを向いた。「困ったこと？」

「ああ。シンシアはきみと寝たんだろう。きみが彼女を見るときの目つきでわかるよ。もう少しで首ったけというところだな」

「ばかなことを言うな」

「僕はその気持ちを抑えたほうがいいと言ったわけじゃない。美女に首ったけになるのは最高だからね。シンシアと一緒にいると、きみは本当に幸せそうだ。今度だけはそんな状況を楽しむといいよ」

ウィルが返事をする前にアレックスはウィンクし、シンシアに手を振ったあと、人混みのなかに姿を消した。


一時間後、ようやく勇気が出たシンシアは、ウィルから離れてひとりで動きはじめた。飲みものを飲んでオードブルをつまみ、両親に連れられて会場内をまわり、大勢の招待客を紹介された。

けれど、今は誰にも気づかれずに人混みの端にたたずみ、緊張をほぐすためにワインを飲んでいた。さすがにこの場の雰囲気には圧倒される。

そのとき、どこからともなく伸びてきた手に肘をつかまれ、会場内に置かれた布製の仕切りの陰に引っ張っていかれた。ひょっとすると、ウィルの決意が揺らいで欲望を抑えきれなくなったのかもしれない。そう思ったシンシアはグラスを置いて進んでいったが、自分に触れている男性がウィルではないと気づいたとたん、立ちどまった。

ナイジェルだった。顔に浮かんでいるのは、仕事部屋にあった写真の幸せそうな表情とはほど遠い。顎は無精ひげにおおわれ、大きなブラウンの目には怒りの炎が燃えている。くすんだブロンドの髪はくしゃくしゃで、体に合っていないタキシードは直前にレンタルしたものらしい。

「今夜はずいぶんおめかししているんだね?」ナイジェルはからかうように言った。「そのネックレスだけでも、俺が借りているスタジオの家賃三年分の価値はあるだろうな」

「手を離して」シンシアは冷ややかに言った。

「いやだね。離したら、きみは金持ちのフィアンセのところに戻ってしまうだろう」

「電話でも言ったでしょう。私にはあなたが誰かわからないし、それ以外に何も言うことがないの」シンシアは腕を引いたが、ナイジェルの指が今まで以上に肌にくいこんだ。

「どうやってここに?」

「なけなしの百ドルをはたいてタキシードを借り、ドアマンを抱きこんだのさ」ナイジェルはにやりとした。

「どうして? 何が目的なの?」

「愛する女性を取り戻したいんだ」

「あなたが愛した女性は飛行機事故で死んだわ。肉体は生き延びたかもしれないけれど、私はもう以前とは違う人間なのよ」

「だから、さっさと俺を捨てられると思っているわけか？　あんなに愛していると言ったくせに」

「あなたと私がどんな関係だったか知らないけれど、もう終わったのよ。私はウィルとやり直すつもりなの」

「俺を利用したことを後悔させてやるぞ」ナイジェルはいきなりシンシアの腕を放し、足を踏み鳴らしながら出口へ向かった。

ナイジェルが会場からいなくなると、シンシアはほっとして壁にもたれた。恐怖と悲しみと安堵《あんど》がまざった表情を人に見られたくないので、両手で顔をおおった。それから深く息を吸いこみ、ナイジェルに握られていた腕をさすったあと、作り笑いを浮かべて大勢の人のなかに戻っていった。先ほどテーブルに置いたグラスを取ってワインを飲み干し、手が震えているのを誰かに気づかれないうちに、急いでグラスを置いた。

「大丈夫か、おまえ？」

残念ながら、シンシアの願いはかなわなかったようだ。声がするほうを向くと、心配そうな表情を浮かべた父親が近づいてきた。「ええ、パパ」

「どうしたんだ？　警備員を呼ぼうか？」

「いいえ、たいしたことじゃないの」

父親はシンシアの腕に残る赤い跡に鋭い視線を向けて言った。「たいしたことに見えるがね」

「ちょっとした誤解があったの。私は大丈夫よ。ママはどこ？」

「社交クラブの不愉快な女性と話しているから、私は逃げてきたんだ。あの女性と話していると、かならず最後は金がかかる話になるからな」

シンシアはうなずいた。「ウィルを捜しに行くわ。そろそろ家に帰りたいの。もうくたくただから。リゾート地の不動産を買わされる前に、ママを助けに行ったほうがいいんじゃなくて？」

「わかった」父親はシンシアを抱きしめながら耳もとでささやいた。「さっきの件に片をつけてほしいなら、いつでも電話しなさい」

「なんだかギャングみたいな言い方ね」シンシアは身を引いてほほえんだ。「本当に何も心配ないわ」

「わかった。今夜のおまえはとってもきれいだよ」父親はシンシアの頬にキスしたあと、しぶしぶ妻を捜しに行った。

ふたたびひとりきりになったシンシアは、バーカウンターに近づいてまた白ワインを頼んだが、今度は震えずにグラスを持つことができた。ワインをひと口飲んだあと、目を閉じて深く息を吸いこんだ。

「なんだ、ここにいたんだ」ウィルが彼女の耳もとでささやき、首筋に温かな息を吹きかける。

シンシアは彼の腕のなかで振り返った。「あら、楽しんでる？」

「実は、こういうものは好きじゃなかったんだ。このパーティーはきみのためのものだから、もちろん今までで最高のパーティーだけど、どちらかといえば、僕はきみをここから連れだして、そのドレスの下に何があるのか突きとめたいね」

ブルーの目に浮かぶ熱情はウィルが言葉どおりのことをすると約束している。彼の手のぬくもりが体に染みこんでくると、シンシアは少し前に悩んでいたことが消えていきそうな気がした。

ウィルは腕時計を見た。「これ以上避けるわけにはいかないな」

シンシアは眉をひそめた。「何を？」

「ダンスだよ。さあ、行こう」ウィルは一歩引き下がって片手を差しだした。「帰る前にダンスフロアを最低一周はしなければならないだろう。きみのお母さんは高い金を払ってオーケストラを頼んだのだから、踊らないわけにはいかないよ」

「踊れるかどうかわからないわ」シンシアは正直に打ち明けた。

「心配しなくていい。僕はダンスの天才じゃないから」

ふたりがダンスフロアの中央に進んでいくと、そこにはすでに多くのカップルが集まっていた。ウィルはシンシアの手を取り、ウエストに腕をまわして彼女を引き寄せる。「簡単なステップにしよう」

ウィルが言ったとおりにしてくれたので、シンシアはほっとした。こんなに彼の近くにいると、頭がうまく働かないからだ。ふたりの体はぴったりとくっついたまま、滑るように動いていく。オーケストラがスローな曲を演奏しているので、ステップを踏むのはたやすいけれど、ハンサムなパートナー以外のことは何も考えられない。

「今夜はいつも以上にきみに目を光らせていなければならないな」少ししてからウィルがささやいた。

シンシアはどきっとしたが、目におびえた表情が出ないようにした。「どうして?」ウィルはナイジェルを見たのかしら?

「この部屋にいる人全員がきみを見ているし、ここにいる男全員がきみのドレスに見とれている」ウィルの片手はシンシアの背中を滑りおりてウエストで止まった。背骨のつけ根に彼の手のぬくもりが染みこんでくると、ぞくぞくするような感覚がわきあがり、全身に広がった。

ナイジェルのせいでせっかくの夜がだいなしになったと思ったけれど、そうではなかったのかもしれない。「うーん」シンシアは言葉にならない声をもらした。不安は治まったが、胸の鼓動は遅くならず、かえって速くなっている。全身が愛撫《あいぶ》以上のものを求めている。「私の裁縫の腕は一流ですもの」

「そうだね」

「でも、どうしてみんなが見ているのはあなたじゃないとわかるの？　今夜はあなたもすてきよ」

「そんなことないよ。でも、褒めてくれてありがとう。正装すれば誰でもよく見えるものさ。だが、今夜の主役はきみだ。きみにはそれだけの値打ちがある」

「どうして？　墜落事故で生き延びたから？」

「きみはがんばり屋だ。この数カ月間、自分に与えられた試練に真っ向から立ち向かってきた。きみにそんな闘志があるなんて気づかなかったよ。実のところ、僕はきみをあまり信用していなかった。いつも忙しすぎたからきみの本質が見えなかった。きみが僕やほかの人間に見せたいものだけを見ていたんだ」

ウィルはまわるのをやめた。ふたりは抱きあったまま、その場にたたずんだ。彼はシンシアの顎の下に手を当てて顔を上に向かせる。

「今はきみの本当の姿が見える。そして、それが大好きなんだ」

ブルーの瞳に見つめられてシンシアは身動きできなかった。こんなすてきなことを言われたのは初めてだ。愛の告白ではないものの、正しい方向へ一歩踏みだした。ふたりで歩く未来を夢見ていたけれど、それを実現するには時間がかかる。婚約指輪を返したとき、時間をかけて関係を修復することを誓った。もしかするとふたりの関係は思っていたほど破綻していなかったのかもしれない。未来はあるのかもしれない。愛と笑いに満ちた未来が。

シャンデリアのやさしい光に包まれ、オーケストラの演奏を聴きながらダンスフロアにたたずんでいるうち、シンシアは感情を抑えられなくなった。ウィルのことはほとんど知らないけれど、それでもかまわない。正直でやさしい人だというのはわかっている。彼はいい人だ。愛すべき人。そう思ったとたん、胸の奥から愛情がわきあがってきた。

確かに私はウィルを愛している。今、自分の気持ちを伝えたい。でも、まだ時期尚早だ。今夜は気持ちがめまぐるしく変化しているけれど、どのように終わらせたらいいのかはわかっている。ウィルの腕のなかで慰めを見いだせばいいのだ。彼のベッドのなかで。そこなら、言いたくて仕方ない言葉を口にする勇気が見つかるかもしれない。

その言葉の代わりにシンシアはこう言った。「キスして」

ウィルはためらわずに言われたとおりにした。

熱いキスを交わすうち、シンシアは身も心も溶けていくような気がした。ふたりとも、彼女の化粧が崩れる心配もしなかったし、百名もの出席者たちに見られていることも気にしなかった。ふたりだけの世界で熱く燃えあがっているので、誰も水を差すことができなかった。

ようやくひと息ついたとき、シンシアはもうここにはいられないと思った。ウィルと愛しあわなくては。

「さあ、もうダンスはしたわ。家に連れていって」シンシアはいたずらっぽい笑みを浮かべた。

9

リムジンに乗りこむや、シンシアはウィルが飛びかかってくるのを期待するような目つきで見つめた。だが、彼は最後までやり遂げられないことを始めるつもりはなかった。シンシアはドレスを抱えてアパートメントまで歩くわけにはいかないし、僕がドレスを引き裂いたら、ただではすまないだろう。だから待つしかないのだ。

だが、シンシアは我慢する気はないらしい。反対側の座席に移ってウィルと向かいあった。こうなると、ウィルも彼女を見ないわけにはいかなくなった。

シンシアはドレスを膝まで引きあげて脚をむきだしにした。ハイヒールを脱いで片脚をウィルのほうに伸ばす。ほっそりとした白い足が彼の足首に触れたかと思うと、ゆっくりと脚を這《は》いあがっていく。

彼女の足が腿の内側に入りこんだ瞬間、ウィルは身をこわばらせた。すでに目覚めている男性の欲望のあかしに触れてほしくてうずいている。ふたりの視線が絡まりあった。グリーンの目にはあやしい輝きが浮かんでいる。シンシアは口の端に笑みをたたえながら、爪先で彼のかたくなったものに触れる。

ウィルはくぐもった声をあげ、体の脇に置いた手を握りしめた。運転席と後部座席のあいだに仕切りがあってよかった。運転手に自分の声を聞かれたくないが、彼女の脚がリズミカルに動き続けると、つい喉の奥から声がもれてしまう。

「あーあ」アパートメントの外でリムジンが止まったとき、シンシアは不満そうな声をあげた。「やっとおもしろくなってきたところなのに」

ウィルはほっとため息をついた。シンシアはドレスを引きおろして靴をはいた。

ふたりはものすごい速さで最上階の部屋にたどり着いた。玄関のドアを閉めたとき、ウィルはすぐにシンシアに触れなかったら、自爆してしまうのではないかと思った。

ところが、シンシアは手の届かないところへ離れていく。薄暗い玄関で二、三歩引き下がると、頭上に取りつけられた照明が当たって優美な姿が浮かびあがった。彼女は片手をあげてウィルをその場から動かないよう制した。彼はドアにもたれてネクタイをほどいた。

シンシアがうなじに手を持っていき、ネックレスをはずすと、クリーム色の胸と喉があらわになった。彼女はネックレスを近くのテーブルに置き、続いてイヤリングとブレスレットをはずした。

意味ありげな笑顔を見せながらウィルに背を向け、肩越しにウィンクする。それから両手をあげて髪から櫛《くし》やピンをはずしていく。ダークブラウンの髪が肩のまわりに垂れ、艶やかなカールが揺れた。

シンシアは背中に手をまわしてファスナーのいちばん上についているホックをはずし、引き手をつかみファスナーをおろしていく。少しずつ滑らかな肌があらわになると、ウィルの胸の鼓動が速くなった。

背骨のつけ根あたりでファスナーが止まった。ウィルの目は何ひとつ見逃さなかった。今のところ、彼女が下着をつけていることを裏づけるものはない。ブラジャーをつけていないのは確かだ。ひょっとすると、ショーツもつけていないかもしれない。

「やれやれ!」急に喉がからからになり、ウィルの声はかすれた。ひと晩じゅう、ふたりを隔てていたのはあのグリーンの生地だけだったのか。

ドレスを胸に押し当てたまま、シンシアは振り返ってウィルと向かいあった。胸に腕を押しつけているので、ドレスの端から乳房がこぼれそうだ。首や顔と同じようにふくらみもピンク色に染まっている。ふたりの視線がぶつかったのと同時に、ドレスが滑り落ちた。

そのとき、ウィルの見方が正しかったことが証明された。今夜、シンシアが身につけていたものはドレスとジュエリーと靴だけだったのだ。もっと早くそれがわかっていたら、パーティーには行かなかっただろう。

シンシアは床に落ちたドレスをまたぎ、初めて一糸まとわぬ美しい体を見せた。顔には不安と情熱がまざった表情が浮かんでいる。今夜はすべてを捧《ささ》げるつもりなのだ。前回は彼女が躊躇《ちゆうちよ》していたので、暗がりのなかで抱きあった。今は丸みを帯びた腹部やヒップが誘っている。胸のふくらみもかたく尖《とが》ったピーチ色の先端も。

早くふたりのあいだの距離を縮めたくて体がうずいているが、ウィルはその場から動かなかった。今夜は急ぐつもりはない。彼はドアから離れ、上着を脱いでコートかけにかけた。ゆっくりと一歩ずつ進みながらネクタイをはずして床に放り投げ、シャツのボタンをはずしはじめた。

ウィルはシンシアの手前で立ちどまり、ウエストのあたりまでボタンをはずした。彼女は大胆にも手を伸ばしてズボンのなかからシャツを引っ張りだすと、最後のボタンをはずしてシャツを脱がせた。

シンシアの手はウィルの胸を動きまわり、腹部を滑りおりてズボンのベルトをはずした。彼女がズボンのなかに手を滑りこませようとしたとき、ウィルに手首をつかまれた。

「あなたに触れたいのに……」シンシアは口を尖らせたが、唇を奪われたとたん、不機嫌そうな表情は消えた。

ウィルが手首を放すと、シンシアは彼の首にしがみついた。彼の胸に柔らかな乳房が押しつけられる。

ウィルは唇と舌と歯を総動員して甘美な戦いを続けながら、無防備になった体を思う存分まさぐった。

ウィルが片方の乳房をてのひらで包んだとき、シンシアは声にならない声をあげ、すでにはち切れそうになっている彼の情熱の高まりに下腹部を押しつけた。彼はしぼりだすような声をあげて目を閉じた。その隙にシンシアの唇は彼の口を離れて喉へ滑りおり、熱い肌に軽いキスを続ける。驚いたことに彼女は首のつけ根や肩を噛《か》んだ。その瞬間、体のなかを強烈な快感が走り抜けたので、彼はもう少しでのぼりつめそうになった。

ウィルはすばやくシンシアの裸の体を抱えあげて廊下を歩きだした。彼女は驚きの声をあげたかと思うと、くすくす笑った。ウィルはベッドルームのドアを蹴って開けたあと、明かりをつけてベッドの上にシンシアを寝かせた。

ウィルは一歩引き下がり、ベッドに横たわる美女をほれぼれと見た。シンシアは自由奔放だ。僕はこんなにもすばらしいものを与えられていたのに、本当に価値がわかるまでにこんなにも長い時間がかかった。この女性は僕が望むものをすべて持ちあわせている。四カ月前にこのようなことになると言われても、絶対に納得しなかっただろう。シンシアはとてもきれいだ。彼女が自分のものだと思うと、誇らしさで胸がいっぱいになる。こんなにも生気のみなぎる女性と一緒に人生を歩みたい。パートナーとして。恋人として。アレックスの言ったとおりだ。僕は彼女に首ったけなのだ。必死に抵抗したにもかかわらず、恋に落ちてしまった。この女性のおかげで毎日、帰宅するのがうれしいと思うようになった。人生に関する記事を書くだけではなく、精いっぱい生きたい、と。

今こそ、この女性の身も心も自分のものにしなければならない。もう一刻も待てない。ウィルは身につけているものを脱ぎ捨てながら、目の前にいる女性からかたときも目を離さなかった。

シンシアは不安げにウィルを見ていたが、彼の情熱のあかしが目に入ったとたん、表情が一変した。濡《ぬ》れた唇がかすかに開き、赤く染まった顔にうれしそうな表情が広がった。ほほえみながら指を曲げ、ベッドに来るよう誘う。

さんざん待たされた彼は断るつもりはなかった。

期待に胸を弾ませながらシンシアはウィルの様子を見守った。彼はベッドにあがり、たくましい体を彼女の上に重ねた。彼の体のぬくもりが素肌に染みこんでくると、背筋にかすかな震えが走った。ウィルが動くたびにかたい胸がふくらみの先端をこすり、男性の高ぶりが下腹部に当たる。

こんなにも近くにいるのに、なぜか遠くにいるように感じられる。シンシアはウィルに触れようとしたが、彼はしだいに引き下がり、彼女の脚のあいだに入りこんだ。彼女のすねに指を這わせたあと、指が触れたあとを口でたどっていく。足首の内側、ふくらはぎ、膝の内側へと。

シンシアの体はこわばり、ウィルの愛撫《あいぶ》に敏感に反応した。腿を開かれて女の中核がむきだしにされると、両脚が震えはじめた。彼の唇は腿の内側を動き続け、指先はゆっくりと円を描きながら肌の上を這いまわる。

熱い息に下腹部をくすぐられたころには、シンシアはほんの少し触れられただけでのぼりつめてしまうのではないかと思った。ウィルの手はまず秘めやかな場所を愛撫し、指先で入口を探ってからゆっくりとなかに入っていく。たちまち彼女の体の筋肉が収縮して、なかに入りこんだものを引きとめようとしたが、彼女が求めているものはそれではない。

ウィルの舌に敏感な部分を捕らえられた瞬間、体に熱い衝撃が走った。シンシアは身をよじらせ、腰を浮かせて舌の動きに合わせようとしたが、快感が耐えがたいほどになったので身を引いた。

「あなたが欲しいの」シンシアはささやいた。

「もうすぐだよ」ウィルの声は低く、かすれていた。「だけど、少し楽しみたいんだ」

絶え間ない指先と舌の愛撫を受けて今にも弾《はじ》けそうになり、シンシアは涙声で訴えた。ひとりでのぼりつめたくない。今夜はウィルを愛していることを自覚した。自分をさらけだし、無防備な状態を見せた。恋する女性として歓《よろこ》びの声をあげるときは、彼も一緒に歓びの声をあげてほしい。「あなたと一緒でなくてはいやなの。今夜は……」

ようやくシンシアの願いは聞き入れられた。ウィルはふたたび体を重ねると、秘めやかな場所の入口にそっと彼自身を押し当てた。かと思うと、ためらうことなく燃える体のなかに入りこみ、奥深くに沈めた。強烈な感覚だった。ついに愛する男性とひとつに結ばれたのだ。思わず涙があふれそうになるのをシンシアは懸命にこらえた。言いたい言葉が喉まで出かかったけれど、彼が動きだしたので話す機会を逸した。

ウィルは肘で自分の体重を支えながらシンシアの胸に自分の胸を押しつけた。唇を重ねながらゆっくりと体を動かしていく。ふたりの体は隅から隅までぴったりくっついた。少しして彼の筋肉が収縮し、体が震えた。押し寄せてくる歓喜を抑えようとしているのだ。けれど、そんなことはしてほしくない。

「好きな方法で愛して。自分を抑えないで」

ウィルは返事をせずにシンシアの首に顔を埋《うず》めた。彼女の肌に熱い息がかかる。彼は全身をこわばらせ、今までよりも激しく突きかかった。彼女の体を駆け巡るあらゆる衝動が加速し、いたるところで火花が飛び散った。

ほどなく下腹部の奥で張りつめていたものが今にも破裂しそうになった。シンシアはウィルの腰に脚を絡ませてしがみついた。その瞬間、体の角度が変わったので、彼はさらに深く入りこんだ。

猛々《たけだけ》しい侵入にシンシアはもう持ちこたえられなかった。「ウィル!」悲鳴に近い声をあげながら一気に歓喜の階段を駆けあがった。体は小さく痙攣《けいれん》し、筋肉は張りつめ、彼を包みこむ部分が脈打っている。シンシアはウィルの背中に爪を立てたが、彼はかまわず突き進んだ。そしてついに自らを解放し、彼女の首に顔を押しつけながら降伏の声をもらした。

少しのあいだ、ふたりは汗に濡れた手脚を絡ませたまま、ベッドに横たわっていた。シンシアは深く息を吸いこもうとしたが、うまくいかない。体は疲れ果て、心のなかには口に出していない感情があふれていたからだ。やがて歓喜の鼓動が収まってきたので、目を開けると、ウィルが見おろしていた。

彼はシンシアの額にかかる湿った髪を払いのけた。「今夜のきみはすばらしかった。パーティーに行く前は出席者とうまくつきあえるか心配していたけど、やすやすとやってのけた。きみはエレガントでしとやかだった。会場にいた女性はみんな、きみのドレスを着たいと思っただろうし、きみのようにすてきになりたいと思っただろうね。そして男たちはみんな……まあ、こうとだけ言っておこうかな。今夜、僕はみんなの夢を実現することができた、と」

「私も自分の夢を実現することができたわ」

ウィルはほほえみながら顔を近づけていき、そっと唇を重ねた。たちまちシンシアの体は反応したが、分別が情熱を冷ました。そろそろ眠らなくてはいけない。少なくともしばらくのあいだは。

ウィルは羽布団を引きあげてふたりの体をおおい、シンシアを抱き寄せた。温かな寝具に包まれてふたりは眠りに落ちた。明かりはついたままで、服もあちこちに散らばったままだ。

夜明け前、シンシアは目を覚ましたが、まだウィルに抱かれたままだった。そこで、身をくねらせてたくましい腕のなかから抜けだして起きあがった。

「どうかした？」ウィルが眠そうな声できいた。

「いいえ。喉が渇いただけ。歯も磨いていないし」

シンシアは立ちあがり、裸のままバスルームのほうへ歩いていったが、戸口でふと立ちどまって振り返った。また寝入ったものと思っていたのに、ウィルは片肘をついて体を起こしている。その顔に浮かぶ表情は彼女が想像しているものとは違った。彼は眉をひそめ、くい入るように彼女のヒップを見つめているのだ。

「どうかした？」シンシアはきいた。

ウィルは彼女の顔に視線を移したが、そのまなざしは今まで以上に真剣だ。「いや」

シンシアは眠かったのでいつまでもそのことを心配していられなかった。すぐさまバスルームに入ってドアを閉めた。まず水を飲んでから化粧を落とし、就寝前にすべきことを片づけた。

ベッドに戻ったシンシアは、明かりを消してシーツの下に潜りこんだ。ウィルはあお向けになって目を閉じている。シンシアは彼にすり寄ってかたい胸にもたれた。彼の鼓動に耳を傾けながら、これほど幸せなひとときは経験したことがないと思った。

ウィルの息遣いが規則正しくなり、彼が眠っていると確信すると、暗闇のなかでシンシアはささやいた。「愛してるわ」それから寝返りを打って横を向き、あっという間に眠りに落ちた。


ウィルは目を閉じてベッドに横たわっていたが、とても眠るどころではなかった。十分前なら、誰にでも自分の腕のなかにいる女性に満足していると言っただろう。仕事も順調で性生活もこれまでになくうまくいっていると。それがどういうわけか、あっという間にすべて奪い取られた。朦朧《もうろう》とする頭のなかをさまざまな考えが駆け巡っている。たった今、目にしたものが信じられない。理解できない。だが、紛れもない事実は否定しようがない。

薔薇《ばら》のタトゥーがないのだ。

シンシアがあれを入れたときから、いやでならなかった。大学四年の春休みに彼女は女友達とメキシコのカンクンに旅行に行った。まばゆい陽光と打ち寄せる波とテキーラを楽しむうちに開放的な気分になり、旅の記念にタトゥーを入れようと思ったのだ。

それはとてもかわいらしいタトゥーだが、左のヒップに彫りこまれた赤い薔薇は永遠に消えない。ずっとそのタトゥーを見ないようにしていたが、いつの間にかふたりが愛しあうこともなくなったので、それがあるのも忘れてしまった。

ところが、さっき久しぶりに思いだした。シンシアのうしろ姿を見ているうち、ふいに気づいたのだ。タトゥーがない。レーザーで取り去った形跡すらない。何もないのだ。

〝どうかした？〟ときかれたとき、なんと答えたらいいのかわからなかった。

そう、どうかしている。ここにいるのはシンシア・デンプシーではない。それが問題なのだ。

たちまち、まわりにあるものが音をたてて崩れ落ちた。すばらしい関係は嘘《うそ》で塗りかためられたものだったのだ。彼女が言ったことは、この数週間、ふたりがしたことは、すべてなんの意味もないのだ。

たった今、情熱をわかちあった女性はいったい誰なのだ？　シンシアの名前をかたっているこの女は……何者なのだ？　どうして他人の人生を生きることになったのだろう？　医者は記憶喪失だと言っていた。彼女は自分がシンシアでないこともわからないのか？　これは単なる手違いなのか？　それとも、この女性はわざとこの状況を利用したのか？　外見とは裏腹に、彼女もシンシアのようにずるい人間なのか？

シンシアが二度と僕を傷つけないという確信が持てなかったので、なかなか警戒をゆるめる気になれなかった。なのに、思いきって一歩踏みだしたら、今度はまったく別の苦しみを味わうはめになった。僕が愛する女性はシンシアではなかったのだ！　彼女にはこれほどひどく僕を傷つける力はなかった。なぜなら僕がそれを許さなかったからだ。シンシアは僕の心にひびを入れただけだが、今回は防壁を低くしたために謎の恋人に心を打ち砕かれてしまった。

彼女がすり寄ってきたとき、口を閉ざしているのは容易ではなかった。自分の腕のなかにいるのはシンシアではない。その事実を納得するのは不可能に近かった。今までのふたりのやりとりや触れ合いを思いだし、シンシアとこの女性の違いが明らかだったかどうか確かめようとした。だが、僕は彼女の輝きに目がくらんで何も見えなかったのだ。

シンシアが浮気をしたのも無理はない。彼女とは大学時代からのつき合いだったが、もう彼女のことはほとんどわからない。ふたりの関係が希薄になっていたから、彼女とほかの人間の見分けがつかなかったのだ。いくら形成外科手術を受けたとはいえ、フィアンセの僕ならシンシアとほかの人間の違いがわかったはずなのに。なんて愚かなんだ。

この女性に怒りと非難の言葉をぶつけたいが、今は午前三時だし、彼女の口からまともな答えは返ってこないだろう。朝になったら事実を明らかにして相手の反応を見よう。今はとにかく眠るしかない。

眠りが胸の痛みを和らげてくれることを期待しながら、暗闇のなかで横たわっていると、隣にいる女性が〝愛しているわ〟とささやいた。この時点まで事態はこれ以上悪くなりようがないと思っていたが、それは甘かったようだ。

10

ようやく太陽が顔を出したが、ウィルの気持ちは少しも明るくならなかった。実のところ、一睡もできなかった。時間が経《た》つにつれて胸の痛みと戸惑いは怒りと疑念に変わった。午前七時ごろ、ついに起きだし、ベッドのなかにいる女性に、日曜版に問題が発生したと告げた。彼女のそばにいて満ち足りた夜の余韻に浸っているふりなどしたくないというのが本音だが、とてもそんなことは言えない。芝居は上手ではないし、必要な情報を手に入れるまでは彼女と対決したくない。自分のほうが優位に立ちたいのだ。そのためには徹底的に調べて、彼女が何者なのか、狙いはなんなのか突きとめなければならない。

新聞社に着くと、ウィルは秘書に命じて地元紙に掲載された飛行機事故の記事を集めさせた。その後二時間、自社や他社の記事を読み続けた。だが、たいした情報はない。わかったのは事故の詳細、生存者リスト、航空会社が発表した事故再発防止のための見解くらいだ。

ウィルは社長室を出て編集局へ行き、『デイリー・オブザーバー』紙の記事を書いている局員を捜した。

「マイク？　ちょっといいか？」

マイクは椅子に座ったまま振り返ったが、目の前にいる社長を見て驚いた。「はい、ミスター・テーラー」

「シンシアが遭遇した事故の情報を探しているんだ。あのときの取材データを見せてもらえないか？」

「わかりました」マイクはキャビネットのほうを向き、〝シカゴ行き七四六便〟というラベルが貼られたファイルを取りだした。「全部、このなかに入っています」

「乗客名簿と座席表も入っているか？」

「はい」

「よかった。ありがとう、マイク」

ウィルはファイルを持って社長室に戻った。航空会社から得た情報によると、シンシアの座席は十四Aだったそうだ。エコノミークラスの窓側の席だ。これは珍しい。座席表を見て理由がわかった。ファーストクラスには日本人のビジネスマンがグループで乗りこんでいる。シンシアがどの座席に割り当てられたか気づいたときには、もう出発間際で変更できなかったのだろう。

ふたたび十四列目の座席を見ると、シンシアの隣にエイドリアン・ロックハートという女性がいる。彼女は助からなかった。生存者は三名だけだ。

ウィルはパソコンを起動させ、インターネットでエイドリアン・ロックハートを検索した。最初に出てきたのはソーホーを拠点に活動しているファッションデザイナーのウェブサイトだ。

〝ファッションデザイナー〟ウィルの胸が騒ぎはじめた。間違いなく正しい方向に進んでいる。

ウェブサイトを開くと、ホームページに閉店のお知らせと顧客に対する謝辞が載っていた。日付は飛行機事故の前日。

〝デザイナーの紹介〟をクリックしたところ、パソコン画面にほほえみを浮かべる女性の写真が現れた。目鼻立ちがシンシアとよく似ており、妹と言ってもいいくらいだ。体つきも似ている。この女性のほうが少し顔が丸く、鼻も少し大きいだろうか。シンシアのように頬骨が高くないし、歯並びがあまりよくない。髪の毛はちょっとウエーブがかかっているが、シンシアと同じダークブラウンだ。

マウスをクリックすると写真が拡大したので、いちばん興味のある部分をじっくり見ることができた。それは目だ。シンシアの瞳には前から金色の斑紋があると思いこんでいたが、長いあいだ、目を合わせないようにしていたから、そんなことも忘れていた。今、気づいたが、忘れていたのはもともと彼女の目に金色の斑点がなかったからだ。しかし、間違いなくこの女性の目にはある。

僕のアパートメントにいるのはシンシア・デンプシーではない。あの女性はエイドリアン・ロックハートなのだ。だが、どうしてこんなことに？

事故現場で手違いがあったのは明らかだ。ふたりが座席から投げだされたか、なんらかの理由で座席を交換したのだ。シンシアは窓側の席がきらいだから、隣席の乗客に無理を言って席を交換させたこともありうる。ふたりは重傷を負い、年格好も似ていたので、救助隊に間違えられたのかもしれない。

病院で意識を取り戻したのはエイドリアンなのに、彼女の顔はシンシアに似せて修復された。ドクター・タカハシが最善を尽くしたにもかかわらず、最初はシンシアには似ていなかった。みなが彼女だと信じこんだのは医師がそう言ったからだ。だが、間違いを正すのは簡単なはずだ。口がきけるようになったら、彼女はこう言いさえすればいいのだから。〝私はシンシア・デンプシーではありません〟と。ところが、言わなかった。混乱しているふりをして記憶喪失という診断を受けたのだ。

このホームページに写真を載せている女性は店を手放して故郷のウィスコンシンに帰ろうとしている。身ひとつであの飛行機に乗りこんだのだ。意識を取り戻したときは手術や投薬のせいで混乱していたとしても、どこかで間違いに気づいたはずなのに、何も言わなかった。

それにしてもどうして？　シンシアの生活が魅力的に思えたのだろうか？　金持ちの親、アッパーイーストサイドのペントハウス、五カラットの婚約指輪……確かに負け犬として故郷に帰るよりもずっといい。

どこまで芝居を続けられるか試してみるほうがよかったのだろう。たった数週間でシンシアの人生を乗っ取り、自分の望む方向に進みはじめた。服のデザインをしてすばらしい作品を作っただけでなく、業界関係者とのコネもできたので、コレクションを発表できる可能性も生まれた。

もちろんこれは大きな賭だ。彼女はタトゥーのことは知らないが、正体がばれる危険性はあった。僕を誘惑したのは最大の過ちだったのかもしれない。愛に目がくらんで僕が彼女とシンシアの違いに気づかないと思ったのだろうか？

今までのところはうまくいった。僕は靴が大きすぎることも、目に浮かぶ金色の輝きが強すぎることも深く考えなかった。彼女が急に裁縫上手になったときも、あっさり疑念を退けた。性格ががらりと変わったことに気づいても驚きを抑えた。頭を打っただけで冷淡な女性が快活でやさしい女性に変わるわけがないことを認めたくなかったのだ。

もうたくさんだ。これ以上あの女に利用されたくない。ウィルはノートパソコンを閉じて椅子の背にかけていた上着をつかむと、社長室から出ていった。

日曜日の午後、シンシアは落ち着かなかった。ウィルとすてきな夜を過ごしたのだから、夢見心地になってもいいはずなのに、今朝はなんとなくしっくりしない感じがあった。ウィルは私を避けていた。目を合わそうともしなかった。出社前にキスしたときも彼の唇はこわばっていた。そして、社長にしか解決できない問題が起こったと言って飛びだしていったのだった。

シンシアは不安になった。昨夜はうまくいったと思っていたのに。いったいどんな問題が起きたのだろう？　ひょっとして、〝愛しているわ〟と言ったのを聞かれてしまったのかしら？　あのとき、ウィルは眠っていると思っていたけれど、そうでなかったらどうしよう？　あんなことを言うのは早すぎたのかしら？　ああ、ばかだった。そういう言葉は男性が口にするまで待たなくてはいけないのに。

ウィルから連絡がないまま、時間は過ぎていった。シンシアはダーリーン・ウインターズに電話をかけることにした。本当は月曜日まで待ったほうがいいけれど、気晴らしがしたかったのだ。電話で話した結果、ファッションエディターが今でもシンシアの作品を見たがっていることがわかった。そこで、火曜日に『トレンド・ナウ』誌の本社に三点の作品とデザイン画を持っていくことになった。

シンシアはクローゼットに入り、おびただしい数の服を見て火曜日に何を着ていこうか考えた。すでに濃い紫色のスカートは決まっている。色が気に入ったし、形も自分の作品とよく似ている。けれど、それに合うブラウスが必要だ。

つぎからつぎへとハンガーを動かしていったが、どの服も気に入らない。そのとき、視界の端にある生地が目に留まった。紫と白に引きつけられて少し離れたところに視線を向けると、長袖のブラウスがある。それを洋服かけからはずしてじっくりと見た。これなら申し分ない。紫と白のストライプのブラウスはスカートを引きたてるし、複雑な装飾はコレクションに使おうと思っていたものにそっくりだ。好奇心に駆られて襟についているタグを見た。

〝エイドリアン・ロックハート〟

しばらくのあいだ、彼女はその名前を見つめた。すると、急に始まった情報の流入を処理しようと頭が動きだした。まるでダムが決壊したかのように、過去の記憶が一気に押し寄せてくる。

このブラウスを作ったときのことが思いだされた。ブティックでこれを購入した女性は、ありふれていないバースデープレゼントを探していた。友人はなんでも持っているので、ひと味違うものを見つけるのに苦労していた。この女性がきっかけになって顧客が増えることを期待したが、何も起こらなかった。

壁際に自作の服が並ぶファンキーな店がありありと目に浮かぶ。そのブティックは父親の生命保険金を使って開店した。けれど、商売はうまくいかず、売れ残りの商品をすべて梱包《こんぽう》して故郷のウィスコンシンに送った。

〝エイドリアン・ロックハート〟

手に持っていたハンガーが床に落ちた。

「私はエイドリアン・ロックハートなんだわ」誰もいないクローゼットのなかでつぶやくと、二カ月ぶりに胸のつかえが取れた。シンシア・デンプシーと呼ばれるたびに、どこか違和感があった。実際、私は〝シンシア・デンプシー〟などではなかったのだ。

本物のシンシア・デンプシーの亡骸《なきがら》はウィスコンシンに埋葬され、墓石にエイドリアン・ロックハートの名前が刻まれているのだから。

私は二カ月間も偽りの生活を送っていたのだ。死んだ女性のフィアンセを好きになった。何度も愛しあいながら、ウィルは私を別の女性と思いこんでいたのだ。

いつ記憶が戻るのだろうと考えたとき、別の人間だと気づくなんて思いもしなかった。みな、エイドリアンが死んだと思っている。シンシアの家族は彼女が生きていると思っている。彼女の友人も、昨夜、パーティーに出席した人も、私が元気なのを見て喜んでくれた……そんな人たちにどうやって本当のことを話したらいいのだろう？

急に胸がむかむかしてきた。エイドリアンは慌ててクローゼットから飛びだしてバスルームに駆けこみ、極上の磁器の便器に吐いた。

どうして本能に従わなかったのかしら？　いつも頭のなかで警報が鳴り、この人生は私のものではないことを知らせていたでしょう。今まで大金を手にしたことはないし、贅沢《ぜいたく》なものを持ったこともない。ニューヨークで借りていた部屋は掃除道具の収納室だったのではないかと思えるほど狭かった。ミルウォーキー郊外にある自宅は寝室が三つだけの小さな家で、父親が亡くなったときに相続したものだ。

エイドリアンは壁にもたれて口を拭いたが、婚約指輪をはめていないのでほっとした。あれは別世界に住んでいた女性のものだ。あの女性は広告会社の幹部社員で、私にはとうてい手の届かない高級な服や高所得者用のクレジットカードを持っていた。また、フィアンセを裏切り、自分の人生をだいなしにするようなとんでもない女性でもあったのだ。

実際にそんなことをしたのが自分ではないとわかり、エイドリアンは少し安心した。ナイジェルは知らない人間なのだ。ほかの人たちもウィルも。

〝ああ、ウィル〟

エイドリアンは両手で顔をおおった。「いったいどんなふうに話したらいいのかしら?」

「何をどんなふうに話すんだ?」

エイドリアンが顔をあげると、バスルームの出入り口にウィルが立っている。ブルーの目にやさしい表情は浮かんでいない。両手をポケットに突っこみ、全身をこわばらせている。

「あの……」切りだしたが、言葉が見つからない。

「頼むから本当のことを言ってくれないか、エイドリアン?」

彼女はぽかんと口を開けた。ウィルは知っているんだわ。私よりも先に真実を突きとめたのだ。「私、たった今、思いだしたところで――」

「やめてくれ。正体を見破られたからといって、いいかげんな作り話でごまかそうとするんじゃない」

「正体を見破られたですって?」

「本当に思いがけない幸運をつかんだものだな。仕事はうまくいかない、友達も家族もいない、金もない。そんなときに飛行機に乗りこんで、目が覚めたら新しい顔を手に入れて億万長者の相続人になり、注目の的になっているのだから」

シンシアはやっとのことで立ちあがった。「いいえ、そうじゃないわ。私にはまったく――」

「ああ、きみが隠れていた才能を花開かせたと信じこんでいたとは! あれはみな、ダーリーンに自分を売りこむための作戦だったのか? シンシアのコネを利用して出世街道を歩くつもりだったのか?」

「そんなことをしても私の出世にはならないわ。シンシアの出世でしょう。そもそもこれはシンシアの人生なのだから、自分に合わないのはわかっていたわ。でも、みんなはこれが私の人生で、いずれ思いだすと言い続けていたから……」

「自分のものではない人生を思いだすのはむずかしいだろうな」

彼が発した辛辣な言葉を聞いて、エイドリアンの頬を涙が流れ落ちた。「どうしてわかったの？」

「僕を誘惑しないほうがよかったな。ドクター・タカハシが形成手術をしたのはきみの顔だけだ。体までシンシアそっくりに見せるのは無理な話だから、服を全部脱ぐのは危険すぎたんじゃないのか？」

エイドリアンは縮みあがった。もちろん本当のことがわかっていたら、あんなまねはしなかっただろう。シンシアは痩せていてエレガントで、非の打ちどころがなかった。私とはまったく違う。裸になったら、違いはもっとはっきりする。それでも、エイドリアンはきかずにいられなかった。「どこを見てシンシアではないと思ったの？」

「彼女には薔薇《ばら》のタトゥーがあった。きみにはない」

タトゥーですって？　それで昨夜、私がバスルームへ行ったとき、ウィルの顔に妙な表情が浮かんでいた理由がわかった。彼は私にはあるはずのないタトゥーを探していたのだ。

「もちろんないわ。私にはタトゥーを入れる勇気なんてないんですもの」

「だが、娘の死を嘆き悲しむ両親をだます勇気はあるんだろう？」

「私は知らなかったの。本当に知らなかったのよ。ついさっきまで。クローゼットのなかで見つけたブラウスに――」

「クローゼットか！」ウィルはシンシアに最後まで言わせなかった。「退院した日に気づくべきだった。きみは母親のこともわからなかったくせに、欲しかった高級な服を山ほど手に入れたことはわかっていた。自分とシンシアが同じサイズかどうか確かめたくて仕方なかったんだろう」

「違うわ。全部本当なのよ。私が言ったこともしたことも。私、あなたに恋をしたの。これが全部嘘《うそ》ならそんなことはしない。シンシアのようにあなたを傷つけるつもりはなかったのよ」

ウィルは激高して、顔を真っ赤にした。「話をそらすんじゃない。シンシアは完璧ではなかったかもしれないが、自分と違うものになろうとしたことはない」

「でも、あなたを愛してはいなかったわ」怒りに駆られてエイドリアンも棘《とげ》のある言葉を投げ返した。「たぶん私の半分も想《おも》っていなかったでしょうね。ブロンクスに住んでいる貧乏アーティストに夢中だったのよ。自分が恥知らずなことをしているのを上流階級の友人に知られないように、あなたを隠れみのにしていたんだわ」

ウィルはゆっくりと首を振った。怒りの炎は燃えつきたようで、顔には悲しげな表情が浮かんでいる。「この数週間心を通わせあった女性も、こんなに恥知らずなことをするとは思わなかった」

エイドリアンは自分の気持ちを伝える適切な言葉を探した。自分の言葉に嘘偽りはないことをウィルに納得させる言葉を。それにはこれしかない。

「愛しているわ、ウィル」

「出ていけ」

エイドリアンは慌てふためいた。ふいに胸が締めつけられるように痛み、息をすることもできない。〝出ていけですって？〟まさか本気で言ったのではないでしょう。ウィルは身ひとつで私を放りだすようなひどい人ではない。私は一セントも持っていない。携帯電話も運転免許証もない。私が持っているものはシンシア名義のものばかり。エイドリアンはあの事故で持ち物をすべて失ったのだ。叔母に頼んで電報為替で送金してもらうことができたとしても、身分証明書なしでバスの切符を買えるかしら？　どうやって家に帰ったらいいの？

「ウィル、お願い」エイドリアンは訴えた。

「出ていけと言っただろう！」ウィルの怒鳴り声がバスルームに響き渡った。

その瞬間、エイドリアンは悟った。戦いは終わったのだ。何を言ってもウィルを納得させることはできない。彼女はバスルームの戸口へ歩いていった。

「これで事情がのみこめたでしょう。私をひどい人間だと思っているでしょうね。そのことは変えられないわ。でも、私が言ったことは嘘じゃないの。私はあなたに恋をしてしまったのよ」

ウィルは脇に寄ってエイドリアンを通したが、顔をそむけて彼女を見ようとしない。敗北感を感じながらエイドリアンは廊下を歩いていき、リビングルームを通り抜けてウィルの人生から出ていった。

11

エイドリアンはかつて自分のブティックだった店の前にたたずんでいた。小さな店のショーウインドーに貼られた横断幕は、近々、〈ベビー・ギャップ〉が開店することを知らせている。

店を失ったときは本当につらかった。誰もが成功する才能を持っているわけではない。そのことは理解できる。けれど、今は自分に才能があることはわかっている。シンシアの人脈を活用したら事業を始めることもできたかもしれない。シンシアとしてではなくても、夢をかなえることができただろう。それなのに、またしてもチャンスを失ってしまった。

冷たい風に吹かれて鳥肌が立ったので、エイドリアンは腕を組んだ。今、身につけているのは日曜日に家でのんびりと過ごすためのものだ。はき心地のいいジーンズ、コットンのTシャツ、スニーカー。アパートメントを出る前にコートを取りに行けばよかったけれど、シンシアのものを盗んだと非難されたくなかったのだ。

飛行機が墜落したときにすべて失ったと思ったけれど、それは間違いだった。あれ以来、もっと多くのものを失った。愛する男性は私を憎んでいる。家族だと思っていた人たちも、本当のことを知ったら私を憎むだろう。

アパートメントを出たあと、あてもなく通りをさまよい、気がつくと、ソーホーの以前よく訪れた場所に来ていた。何時間歩き続けたのだろう。今にも太陽は沈もうとしている。家に帰る費用を手に入れるまでグウェンの家に泊めてもらえるかどうかきいてもいいけれど、彼女の電話番号がわからない。以前の友人の家をたずねてもいいけれど、みな、私が死んだものと思っているからびっくりするだろう。あとはホームレスの避難所を探すしかない。

ああ、いつまでもかつての自分の店の前に立っていてもなんにもならない。エイドリアンは西に向かって歩きだし、グウェンが働いている病院を目ざした。通りの角を曲がってグリニッチビレッジのほうへ行こうとしたとき、誰かに肩をつかまれた。

ああ、私はどこまでついていないのだろう。家もなく、お金もなく、希望もないというのに、今度は強盗に襲われるのかしら。エイドリアンはさっと振り返り、強盗を追い払おうと身がまえた。ところが、目の前にいるのはナイジェルだった。

「どうしてここに?」エイドリアンは金切り声で言った。「びっくりさせないで!」ナイジェルの手を振りほどき、おぼつかない足取りで引き下がった。

ナイジェルはひどい格好をしている。パーティーで会ったときから着替えていないし、ひげも剃《そ》っていないようだ。タキシードはしわだらけで、目は血走っている。

「どうして私がここにいるとわかったの？　あとをつけたの？」

ナイジェルはうなずいた。「アパートメントを見張っていたら、きみが出てくるのが見えた。だから、きみを説得しようと思ってあとをつけたんだ」

「私のあとをつけて何時間もマンハッタンを歩きまわっていたというの？」

「やるべきことをしただけさ。どうしてもきみと話しあわなければならないんだ」

「話しあうことなんてないわ。私はシンシア・デンプシーじゃないんですもの」

「それは新しい作り話か？」ナイジェルはあざ笑った。「今度は誰になったというんだ？」

「病院で手違いがあったの。私の名前はエイドリアン。みんながシンシアだと思いこんでいただけなの。でも記憶が戻ったから、今は自分がシンシアではないとはっきりわかるわ」

「俺をそんなにばかな男だと思っているのか？」

「私には薔薇《ばら》のタトゥーがないの。あなたは見たことがあるでしょう。通りの真んなかでジーンズを脱ぐ気はないけれど、この話は信じて。タトゥーがないからウィルに追いだされたの。だからこうしてコートも着ないでマンハッタンを歩きまわっているのよ」

「きみがエイドリアンなら、シンシアはどこにいるんだ？」

「残念だけど、あの飛行機事故で亡くなったわ。みんなは私とシンシアを取り違えて、私が死んだと思ったのよ」

「嘘《うそ》をつくな！」ナイジェルはいきなりエイドリアンに突進し、片手を振りあげた。彼の拳が顎に命中したとたん、彼女はうしろに吹っ飛んだ。

意識を失う前にエイドリアンが覚えていたのは、背中に当たるコンクリートの歩道の冷たさと、頭が地面にぶつかったときの大きな音だけだった。


「わかりませんわ。お金も身分証明書も持たずにソーホーで何をしていたのでしょう？強盗に襲われたのですか？」

エイドリアンはその声の主が誰か気づいた。ポーリーン・デンプシーだ。一瞬、何がなんだかわからなくなった。ここはどこ？　たしか意識を失う前にナイジェルと口論したはず。どうしてシンシアの両親と同じ部屋にいるの？　答えを知りたいけれど、目を開けたくない。頭が割れるように痛いから。

「警官は知り合いに暴行されたと見ているようです。救急隊の司令部員の話では、男が電話をかけてきてシンシアの名前を告げたそうです。身分証明書がなければ、誰にも彼女が誰なのかわからないはずなのですが……」

「きっと昨夜の男だ。あのとき、警備員を呼んだほうがいいと思ったのに……うちの娘はよくなるのですか？」今度はジョージ・デンプシーの声がした。

また病院にいるのかしら？　エイドリアンは考えた。ちょっと待って……シンシアが死んだことを話したとき、ナイジェルに殴られた。あのとき、頭を打って意識を失ったに違いない。

「大丈夫です。殴られたのは顎だけですから、治りかけの頬骨やほかの部分は無事です。脳震盪《のうしんとう》を起こしていますので、しばらく目を離せませんが、それほど深刻な状況ではありません」

「深刻な状況ではないだと？」ジョージの声が大きくなった。「娘は自分が誰かもわからないのに、また頭を打っても深刻な状況ではないというのか？」

これでは安らぎを与えてくれる暗い海をいつまでも漂っているわけにはいかない。誰かがこの騒ぎを終わらせなくては。エイドリアンは無理やり目を開けたが、顎の痛みに耐えかねてうめき声をあげた。「うーん」

「シンシア？」

みなはまだ私がシンシアだと思っている。ウィルは本当のことを話していないのだ。エイドリアンは決心した。今が絶好の機会だから、ウィルとの関係を終わらせたときとは違う形でデンプシー夫妻との関係を終わらせなくてはいけない。あんなにやさしくしてくれた夫妻に憎まれたくない。

エイドリアンは上体を起こしてあたりを見まわした。また病院のベッドにいる。左側にポーリーンとジョージがいて、右側に医師がいる。そして部屋の奥の壁にもたれているのがウィルだ。

「シンシア、大丈夫？　いったい何があったの？　誰かに襲われたの？」すぐさまポーリーンがベッドのそばに来てエイドリアンの腕をさすった。

エイドリアンはかたわらに座っている女性に目を向けた。「私はシンシアではありません」

「いったい何を言いだすの？」ポーリーンがきいた。

「やっと思いだしました。何もかも。私はエイドリアン。エイドリアン・ロックハートです」

もと両親は医師のほうを向いた。大きく見開いた目には戸惑いと懸念が浮かんでいる。

「先生、いったいどうなっているんだ？」ジョージが詰問した。

医師は顔をしかめながらベッドに近づいた。ペンライトを取りだしてエイドリアンの目を照らしながらいくつか質問した。彼女はすべて正確に答えたが、医師はうれしそうではない。「あなたはシンシア・デンプシーではないのですね？」

「はい。私はエイドリアン・ロックハート。ミルウォーキーの出身です。父はアレン、母はミリアムです」エイドリアンはポーリーンを見てからジョージを見た。「どうしてこんなことになったのかわかりません。どうして別人と間違われたのでしょう？」

ポーリーンは立ちあがると、二、三歩引き下がってジョージにすり寄った。エイドリアンにとってふたりの苦しげな表情を見るのは何よりもつらかった。ナイジェルと話したときと違い、デンプシー夫妻には私の告白の意味を説明する必要はない。あの飛行機事故の生存者は私と幼児と十代の少年だけだ。私がシンシアでないなら、デンプシー夫妻の娘は犠牲者のなかに入るのだ。

「あれは大変な事故でしたから、あなたが誰なのかほぼ判別できない状態だったのです」医師は早くも訴訟に備えて準備しているようだ。「シンシアとして生きていたときのことは覚えているのですか?」

「はい。事故当日のことは覚えていませんが、ほかのことは全部覚えています」

「記憶喪失症は治ったようですね。二度目に頭を打った影響かもしれません。その結果、さらに厄介な問題が生じてしまいました。ちょっと失礼」医師はエイドリアンに言った。「デンプシーご夫妻と内密の話をしなければならないので」手を振ってデンプシー夫妻に廊下に出るよう促した。

病室のドアが閉まると、エイドリアンはふたたび枕にもたれた。涙がこみあげてきて真向かいにいる男性の姿がぼやけたので、急いで目を閉じた。ウィルの前で泣きたくない。同情を引くための空涙だと言って責められるだろうから。

「ふたりにはまだ話していないのね」いつまで経《た》ってもウィルが黙っているので、ついにエイドリアンは口を開いた。

「まずきみが正しいことをするかどうか見きわめたかったんだ」

エイドリアンは目を開けてウィルを見た。そこにいるのは愛する男性ではなく、怒りをあらわにした見知らぬ男性だ。

「それで?」

「きみは思った以上に芝居が上手だな」そう言うと、ウィルはくるりと向きを変え、振り返ることもなく部屋から出ていった。

病室のドアが閉まる音とともに、心に残っていた愛と希望のかけらは粉々に打ち砕かれ、エイドリアンはもう涙を抑えられなくなった。


「好きなだけいてくれていいのよ。いいえ、〝耐えられるだけ〟と言ったほうがいいかしら。私が住んでいるのはエレベーターもない五階建ての賃貸アパートメントで、広さは四十平方メートルもないから、水曜日には逃げだしてしまうかもね」

グウェンはアパートメントの鍵と住所が書かれた紙を差しだした。

「なんでも自由に使ってちょうだい。たぶんあなたに合う服もあるでしょう。もっともわが家は小柄な家系だから、私のパンツはちょっと短いかもしれないけど。明日は朝の六時には戻るわ」

　エイドリアンは思いきりグウェンを抱きしめた。けっきょく、事故以降にできた唯一の友達がエイドリアンに残された唯一の友達になった。シンシアの死が発表されてから、あっという間に世間の人々はエイドリアンに対する興味を失ったのだ。

「本当になんとお礼を言ったらいいのか……」エイドリアンは涙をこらえながら言った。

「いいのよ。さあ、顎と頭のこぶに気をつけてね。朝になったらあなたの様子を見て、また先生に見てもらう必要があるかどうか確かめるわ」

　月曜日の午後に退院許可が出たので、エイドリアンはグウェンに会いに行った。当初の計画はまずグウェンのアパートメントに身を寄せてから、奇跡の復活のニュースを伝えて叔母を驚かせ、電報為替で送金してくれるよう頼むことだった。そうすれば、着替えとバスの切符を買うことができる。鉄道の運賃は高すぎるし、飛行機は問題外だ。

　グウェンと別れたあと、エイドリアンはエレベーターに向かった。病院から出たとたん、目の前に黒いリムジンが止まったので、思わず立ちどまった。後部座席の窓が開いてポーリーンの顔が見えた。

「ミセス・デンプシー？」

「ポーリーンと呼んでちょうだい。どこへ行くのか知らないけれど、乗り物はあるの？」

「地下鉄に乗るつもりだったんですけど……」

「まあ、とんでもない。あなたはトラブルを引き寄せる人なのよ。また強盗に襲われるわ」

いきなりリムジンのドアが開いたので、エイドリアンはぶつからないようすばやく飛びのいた。「本当にいいんですか?」

「お乗りなさい」

いかにも母親らしいきっぱりとした口調には反論を許さないところがあるので、エイドリアンは言われたとおりにした。

リムジンの後部座席にいるのはポーリーンだけだった。「ヘンリーに行き先を教えて」エイドリアンがグウェンの住所の書かれたメモを運転手に渡すと、リムジンは走りだした。

「病院に電話をかけて退院する時間をきいたのよ。ウィスコンシンに帰る前にあなたと話がしたかったものだから」ポーリーンが切りだした。

「何を話すのですか? 先生にも言いましたけど、あまり覚えていないんです」エイドリアンは事故の日とシンシアと会ったときの記憶が戻ることを期待したが、まだその部分は欠落している。

「私は情報を引きだそうとしているわけではないの。あなたのことが心配なのよ。娘だろうとそうでなかろうと、私は五週間、毎日、あなたにつき添って早くよくなりますようにと祈っていたんですものね。土曜のパーティーでは私も鼻が高かったわ。あなたは美しくて才能豊かなお嬢さんよ。生まれがどうであれ、そのことは変わらないわ」

「ありがとうございます」ポーリーンに褒められてエイドリアンは少し落ち着かなかった。

「シンシアのことは……本当に残念です」

年配の女性はうなずき、膝の上で組みあわせている手に視線を落とした。

「私はシンシアを心から愛していたけれど、ときどき手を焼かされることもあったの。そんなあの子に寛容な態度をとり、まして結婚しようというのだから、ウィルは本当にできた人だと思ったものよ。でも、あなたと一緒に過ごした数週間はとても楽しかったわ。あの事故のせいでずいぶん泣いたり、心配したりしたけれど、あなたはいつもやさしかったでしょう。あのときに娘ではないと気づくべきだったのに、いいほうに変わったと思いこんでしまったのね。でも、あのときの思い出をシンシアの最後の思い出としてとっておくわ。あの子との関係をいい形で終わらせるために……」

エイドリアンはうなずいたが、少し考えてから口を開いた。

「私が八歳のとき、母は自動車事故で亡くなりました。裁縫が好きだった母はたくさん服を作ってくれたので、私は何時間もその様子を見ていたものです。事故のあと、私はミシンの前に座って作りかけの服を仕あげました。そのときに服作りに対する情熱がわきあがったのです。でも、母の死で私の人生には大きな穴が開いてしまいました。成長期に男親しかいないのはつらいものです。その父も数年前に亡くなり、私はひとりぼっちになってしまいました。病院で手違いがなかったら、意識を取り戻したときに私はひとりきりで、心配してくれる人もいないまま、何週間も入院しなければならなかったでしょう。あなたとジョージは本当の両親ではないけれど、一緒に過ごした二カ月間はかけがえのない日々でした。私と話をするのはつらいかもしれませんが、よかったらこれからも連絡してください」

「ありがとう」ポーリーンはエイドリアンを抱きしめた。「ぜひそうさせてもらうわ。あなたが元気かどうか、仕事は順調なのかどうか知りたいから」

「まだ私にできる仕事があるのかどうかよくわかりませんけど。実を言うと、私に残されたものはあまりないのです。そんなふうに考えるのはちょっと変ですけど、本当なんです。私が持っていたものはすべてシンシアのものでしたから」

「そんなことは考えもしなかったわ。あなたはあの事故で何もかも失ってしまったのね？ああ、困ったこと。どうやって家に帰るの？」

「叔母に送金してもらってバスの切符を買います」

ポーリーンはエイドリアンの膝に片手を置いた。「あなたのために何かしたいわ」

エイドリアンは横を向いて首を振った。「いけません。もう充分にしていただきました。あのパーティーだってずいぶん費用がかかったはずです」

「ばかなことを言わないで。あなたが無事に家に帰れるようにしてあげたいの。いやとは言わせないわ。どうしてもバスで行きたいというなら、それでもかまわないけれど、ペンシルベニア駅からシカゴ経由ミルウォーキー行きの列車が出ているのよ。飛行機には乗りたくないでしょうけど、知らせてくれたら、航空券を手配するわ」

「これ以上ご厚意に甘えるわけにはいきません。ただでさえシンシアの人生にかかわる方たちを利用したような気持ちになっているので」

ポーリーンはバッグに手を入れて携帯電話を取りだした。エイドリアンが異議を唱える間もなく、ミルウォーキー行きの列車の片道切符を購入し、寝台車の個室を予約した。電話を切ったあと、ポーリーンはにっこりする。「明日、切符売り場で切符を受け取りなさい。発車時間は午後三時四十五分よ」

「本当にそこまでしていただかなくても……」

「私はしたいことをしているだけよ」

「ありがとうございます。何から何まで」

「あなたは私たちの生活に光をもたらしてくれたわ。ウィルの生活にも。今度のことで彼もつらい思いをしているのよ。あなたに冷たい態度をとったとしたら、ごめんなさいね。でも、この数週間は以前よりもずっと幸せそうだったわ。ふたりが踊っているのを見たとき、ウィルはあなたに夢中なのだと思ったわ。こんなことを言うのは私が初めてでしょうけれど、あなたのほうが彼に合っているのではないかしら。たぶんショックが癒えたら、ウィルも名前など気にせず、ひとりの人間としてあなたを愛していることに気づくでしょう」

エイドリアンはこみあげる涙を必死にこらえた。どうしてポーリーンはこの状況を完璧に理解しているのだろう？　私が愛する男性はまったく理解しようとしないのに。頑固で疑い深い性格のせいで本当に幸せになるチャンスを失ったのだ。

車が止まると、運転手が先に降りてエイドリアンのためにドアを開けてくれた。

「無事に家に着いたら電話してね。一カ月に一回くらいは声を聞きたいわ。そうすれば、何か困ったことがないかわかるでしょう。これはシンシアと私の決まりごとだったのだけれど、これからはあなたと私の決まりごとにしましょうね」

「はい」エイドリアンはふたたびポーリーンを抱きしめたあと、車から降りて歩道にたたずみ、走り去るリムジンを見送った。

12

エイドリアンの帰郷はニューヨークのパーティーの華やかさとはほど遠いものだった。駅まで迎えに来たのは叔母のマーガレットひとりきりだ。彼女はエイドリアンとはあまり仲がよくない。母親のミリアムのことがきらいだったので、娘に対しても同じような気持ちを持っているのだ。

エイドリアンが駅から出ていくと、ステーションワゴンの横でマーガレットは不機嫌そうな表情で待っていた。姪《めい》と再会してもうれし涙は流さなかった。抱きしめもしない。車が混んでいたことやラッシュアワーに列車が着いたことに文句を言っただけだ。

エイドリアンの家に向かう車のなかでも、マーガレットはもっぱら葬儀の手間や費用の話を続けた。姪《めい》が死んでもなんの得にもならないのに、あそこまでしたことが腹立たしくて仕方ないのだろう。

車を止めると、マーガレットはうんざりしたように姪の家を見た。駅の外でステーションワゴンに乗りこんだとき、エイドリアンは後部座席に置かれた〝売り家〟の看板に気づいていた。叔母の機嫌が悪いのは私の家を自分のものにできなくなったからだろう。父親が生きていたころ、マーガレットは私の家をうらやましそうに見ていたし、父親の死後は売ってほしいとしつこく言い続けた。だから私が死んだことを知って、はやばやと自宅を売りに出していたのかもしれない。

幸いエイドリアンは叔母の圧力には屈しなかった。自分が帰る場所を確保しておいたのだ。わが家と呼べるのはここしかない。子供時代の思い出がつまっているこの家だけが安らぎを与えてくれる。

マーガレットが去ったあと、エイドリアンは家に入ってすぐさま人生を取り戻しにかかった。まず最初に自分の死亡届を取り消すためにあちこちに電話をかけた。担当者と口論し、何枚も書類を作成して、当座預金の口座を復活させ、クレジットカードを再発行させた。ガス、水道、電気も使えるようにした。家のなかを徹底的に掃除して三年分の埃《ほこり》を払った。

それが終わると、残っているのはここでどのように新しい生活を始めるかという問題だ。帰ってくるまでは職探しをしなければいけないと思っていたけれど、今はその気がなくなった。もうじき感謝祭だし、すぐあとにクリスマスも来るから、期間限定の仕事なら簡単に見つかるだろう。けれど、最低賃金でショッピングセンターの店員をしてもあまり意味がないような気がする。今は自分の貯金を使うことができるので、無一文というわけではない。マンハッタンの一カ月分の生活費があれば、ウィスコンシン州では三、四カ月は暮らせる。

いずれ職探しはしなければならないけれど、二カ月だけ先に延ばそう。それまでは新しい環境に順応して、自分の行動を妨げる感情を克服することにして。故郷に帰る列車のなかでさんざん泣いたから、もうウィル・テーラーのために流す涙は残っていないと思っていた。けれど、注意が散漫になると、胸の痛みが激しくなり、それを和らげるにはまた泣くしかなくなるのだ。

エイドリアンはつねに忙しく動きまわった。ウィルのことを考えなければ、自分が失ったものを思いだして悲しみにふけることもない。リビングルームには飛行機に乗る前に送った箱が手つかずのまま置かれている。なかに入っているのはブティックで売れ残った服。それを二階に運び、母親が使っていた裁縫室のラックにかけた。

これからはここが新しい仕事部屋になるんだわ。エイドリアンは心のなかでつぶやいた。高校時代にも大学が休みのときにも服を作ったから、ここには必要なものがほとんど揃《そろ》っている。母親の古いミシンを使うと、いつも幸運がもたらされるような、やる気を呼び起こされるような気がしたものだ。

ウィルのペントハウスでコレクションを作りはじめたけれど、ふたりの関係と同様、あっという間に終わった。これからは違うものを作らなければ。

エイドリアンは紙と鉛筆を持って食堂のテーブルに向かい、新しいコレクションのデザイン画を描きはじめた。ウィルとの関係が壊れる前の幸せな日々を思いださせるものを。

色を決めるのは簡単だ。ふたりでセントラルパークを散歩したときの温かみのある秋色を使い、ブラウスとスカートをふた組考えだした。初デートで行ったイタリアンレストランの室内装飾を思いだし、ワイン色のレザージャケットにダークブラウンのパラッツォパンツを組みあわせた。コレクションにアクセントをつけるために考えたニットワンピースは、ウィルからもらった薔薇《ばら》のように淡いピンクにした。フィナーレ用の作品はウィルの目と同じブルーグレーのイブニングドレスだ。

デザイン画が完成するまでに数日かかった。感謝祭だということにも気づかないまま、ひたすら仕事を続けた。その結果、三十点からなるすてきなコレクションができあがった。これから数週間かけてデザイン画をもとに服に仕あげるため、リビングルームには生地が山積みになっている。

ある日の午後、エイドリアンがせっせとミシンを動かしていると、電話のベルが鳴った。彼女はコードレス電話のほうに飛んでいき、息を切らしながら電話に出た。「もしもし?」

「ミズ・エイドリアン・ロックハートですか?」

エイドリアンはため息をついた。その声には聞き覚えがある。以前、連絡してきた新聞記者がまた電話してきたのだろう。家に戻ってから、社交界の花形シンシア・デンプシーの早すぎる死と病院の手違いについて、取材の電話がときどきかかってくる。たいていの場合、何も言うことがないので、シンシアとして生活していた数週間のことは覚えていないと答えている。そのほうが楽だからだ。

「『トレンド・ナウ』誌のダーリーン・ウインターズよ。覚えていらっしゃる？」

「ええ。またお話しできてうれしいわ」〝うれしい〟というのは控えめな言い方だ。エイドリアンの胸は激しく高鳴り、相手の声が聞こえないくらいだった。「約束を守れなくてごめんなさい」

「いいのよ。もっとも、記憶喪失が治った人にすっぽかされたのは初めてだけど。本当におもしろい話ね。ずっと新聞の記事を読んでいたのよ」

エイドリアンの高揚感は萎《しぼ》みはじめた。ダーリーンが電話をかけてきたのは特ダネを手に入れるためなの？「それほどおもしろい話ではないのよ」

「あなたとウィルがダンスをしているのを見たわ。あなたが新聞記者に何を言おうとご自由だけど、私は興味をそそられたわ。でも今日、電話した目的はその件ではないの」

エイドリアンは近くの椅子に腰をおろした。ダーリーンの話がいいニュースなら、座って聞きたい。悪いニュースだとしても……。

「私があなたの作品に興味を持ったのは、相手の素性がわかっていたからだと思っているでしょうね。私のところには注目されたいと願う若手デザイナーが押し寄せてくるから、売りこもうとしない人に興味を引かれたのは確かよ。でも、あなたがニューヨークからいなくなったあと、ふと気がつくと、あなたがデザインした服のことを考えていたの。ほかの作品を見ることができなくて、本当にがっかりしているのよ」

「興味を持ってくださってありがとう」

「ねえ、『トレンド・ナウ』誌が主催しているチャリティー事業はご存じ?」

「いいえ。でも、ぜひ話を聞かせて」

「ええ、毎年、今ごろの時期にチャリティー・ファッションショーを開いているの。収益は地元の公立学校で行われている芸術やデザインの教育を助成するために使われるのよ。〝トレンド・ネクスト・ファッションショー〟といって、次世代のデザイナーを育成するためのものなの。ショーのなかで将来性のある四人のデザイナーを紹介するのよ。比較的小さなコレクションだからひとり十点しか出展できないけど、マスコミに取りあげられる可能性は高いわ。ショーのあと四人のなかからひとりを選んで『トレンド・ナウ』誌で五ページの特集記事を組むのよ」

椅子に座っていてよかった。息だけでなく、胸の鼓動まで止まった。エイドリアンは身動きもせずにダーリーンのつぎの言葉を待った。

「通常は数カ月間の選考期間を設けて、そのあと、選ばれたデザイナーに制作に取りかかってもらうの。でも、今年はデザイナーがひとり病気で参加できなくなって。急な話で申し訳ないけど、代わりに出ていただけないかしら？」

「いいわ」エイドリアンは迷わずに答えた。

いきなり返事が返ってきたので、ダーリーンは口ごもった。「本当にいいの？　二週間で——」

「ええ、明日でもけっこうよ」

「わかったわ。すぐにこのショーの資料と書類を送らせるわね。開催日は十五日の土曜日だから、すてきな作品を十点持ってきて」

「本当にありがとう、ダーリーン」

「みんなをあっと言わせるものを期待しているわ。じゃあね」

受話器からは何も聞こえてこないけれど、エイドリアンは電話を切ることができなかった。大手のファッション誌が主催するイベントに参加するのだ。マスコミに取りあげられる可能性も高い。私のコレクションが雑誌で特集されたら……。

エイドリアンは階段を駆けおりて食堂に行った。テーブルの上にはスケッチが散らばっている。デザイン画は三十枚あるけれど、作品に仕あがったものはひとつもない。すでに作ったものをまぜてもいいけれど、そうなると、統一性がなくなるかもしれない。そこでデザイン画をえり分けて、インパクトを与えそうな十点を選んだ。たとえ十点でも仕あげるのは容易ではない。二週間ぶっ通しで仕事をすることになりそうだけれど、そうするつもりだ。

そうしなければならないのだ。

「ミスター・テーラー?」秘書のジェニーンが社長室をのぞいた。「ミスター・デンプシーがお目にかかりたいそうです」

ウィルは顔をしかめながらコーヒーをぐっと飲んだ。ついにこのときがやってきた。電子書籍リーダーの契約がご破算になるときが。この数週間はうまくジョージを避けることができたが、それは向こうも僕を避けていたからだろう。ふたりが最後に顔を合わせたのはシンシアの葬儀だったが、とんでもない見せものになってしまった。

葬儀会場にシンシアの浮気相手が現れて、人目もはばからずに泣き叫びながら棺《ひつぎ》にすがりついたのだ。すぐに参列者は彼が何者なのか察し、戸惑いと同情がまざった表情を浮かべてウィルを見た。その騒ぎにデンプシー夫妻はあきれていたが、ジョージは驚いていなかった。どんなにウィルが隠そうとしても、みな、シンシアとの関係が悪化していたことは知っていたようだ。

「通してくれ」ウィルは秘書に言った。

ジョージ・デンプシーは社長室に入ってきたが、いつもよりスーツが大きく見える。ストレスのせいか目の下がたるみ、体重が減ったためにしわが目立つ。想像以上にシンシアの死がこたえているようだ。

「ジョージ、どうぞかけてください」

ジョージは椅子に腰をおろした。「元気かね、ウィル？」

「なんとかやっています。クリスマス休暇を乗りきるのは大変でしょうが……」

「ポーリーンもどうしたらいいのかわからないらしい。クリスマスの飾りつけを始めたが、シンシアを思いださせるものを見つけるたびに泣きだして、しょっちゅう中断してしまうのだ。シンシアはいつも忙しかったから、遅くまで仕事をしていて、今にでも電話をかけてきそうな気がするんだよ」

ウィルにはその気持ちが理解できた。ペントハウスはゴーストタウンのようだ。夜、玄関のドアを開けるとき、いつもエイドリアンがいるのではないかと思った。彼女の足音が聞こえるのではないかと。

「いろいろ考えたんだよ」ジョージは椅子の背にもたれた。「私たちが手がけたプロジェクトは大きな可能性を秘めている」

ウィルは身がまえた。ジョージはこう言うのだろう。〝だから私はいちばん高く買ってくれる人に売り、きみには降りてもらうことにしたのだよ〟

「だからこの話を進めることにしたのだよ」

ウィルはさっと眉を吊《つ》りあげた。「血縁とか家族といった話はどうなったんですか？」

「シンシアは死んだ。エマはまだ十六歳だから、この取引を成立させるために嫁がせるつもりはない。家族と仕事をしたいのはやまやまだが、私の知る人間のなかでこのプロジェクトを成功させてくれそうなのはきみだけなのだ」

「ありがとうございます。まだわが社との提携を考えてくださっているとはうれしいかぎりです」

「それはきみを信頼しているからだ。シンシアが勝手なことをしてもずっと辛抱していたし、もう無理だとわかっていたのにあの子の面倒を見てくれた。そのうえ、事故のあとはふたりの関係を修復しようとした。もっとも相手は別人だったがね。そういう献身的な態度や義理がたさこそ、私がビジネスパートナーに求めているものだ」ジョージは今までにないやさしい表情を見せた。「きみは息子のような存在だったよ、ウィル。私にはそれで充分だった」

思いがけない言葉にウィルは取り乱しそうになったが、なんとか持ちこたえた。しばらくふたりは取りとめのないおしゃべりをした。ウィルはジョージに礼を言い、今週中に最終的な書類を送らせると約束して別れを告げた。

ウィルはお祝いしたい気分だったが、どっかりと椅子に腰をおろした。エイドリアンが一緒に祝ってくれないなら、せっかくの勝利もむなしい。疑念や胸の痛みを追い払うことはできないが、キスしたい相手は彼女だけだ。夜、街へ連れだして乾杯したい相手は彼女だけ。だが、彼女はもういない。

急にネクタイが苦しくなった。

エイドリアンが出ていってから、社長室が避難所になった。今まで以上に仕事をして、誰もいない自宅で耐えがたい感情と向かいあうことを避けた。ところが今、広々とした社長室の壁が迫ってくる。これ以上ここにはいたくない。パソコンを閉じることもなく、ウィルは立ちあがって部屋を飛びだした。


アパートメントに戻ったとき、ウィルは郵便物を持ち、腕にコートをかけていた。しばし玄関にたたずんでもの思いにふけった。もう社から離れたので胸が締めつけられるような感覚は収まるだろう。だが、そうはいかなかった。理由はわかっている。

ウィルはネクタイをはずすと、マスター・ベッドルームに入って持っていたものをベッドに放った。エイドリアンが出ていった日からベッドは整えられたままになっている。彼女がいないのにそこで寝るのは変な気がして、また来客用ベッドルームを使っていたのだ。

何かが足りない。この数週間、そんな気持ちと闘ってきたが、心がかたくなになり、深く傷ついてもいたので、何が自分を悩ませているのか考えられなかった。毎晩、眠ろうとするたびに、バスルームでの激しい口論が脳裏によみがえった。エイドリアンの顔に浮かんでいた恐怖と悲嘆の表情が。

ウィルはクローゼットの前で立ちどまった。エイドリアンが出ていったあと、怒りに任せて思いきりドアを閉め、それ以来なかには入っていない。

ウィルはドアを開けてクローゼットに入った。以前と同様、ハンガーにかけられた服が整然と並んでいる。高価な靴の箱がきちんと並んでいるのも同じだ。ただひとつ、以前と違うのは床に服が落ちていることだ。ウィルはかがみこんでブラウスを拾いあげた。襟に縫いつけられたタグに〝エイドリアン・ロックハート〟と書いてある。彼女が伝えようとしていたのはこのことだったのか。

ウィルの頭に無数の罵りの言葉が浮かんだが、どれも自分に向けたものだ。なんという愚か者なのだ。あの日、エイドリアンが必死に説明しようとしていたのに、僕は聞く耳を持たなかった。勝手に結論を出して彼女を追いだしてしまった。

どうして？　そのほうが彼女に夢中だということを認めるよりも楽だったからだ。自分のフィアンセではないとわかっていた女性と愛しあったことを認めるよりも。何もかも彼女のせいにして不愉快な状況から抜けだしたのだ。

どうしてすぐにエイドリアンの話を嘘《うそ》だと決めつけたのだろう？　彼女は飛行機事故に遭い、もう少しで死ぬところだった。何時間も再建手術を受け、何週間も入院した。顔を強打したために別の乗客と見分けがつかなくなったのだ。だが、記憶を失うほどひどい頭のけがというのは妙な気がした。

知っているものに触れていたら、もっと早くエイドリアンの記憶は戻ったかもしれない。家族や友達が病院に来ていたら、もっと早く事実が明らかになっただろう。だが、見知らぬ人や医師が彼女を別の人間だと言い張ったために、問題が複雑化したのだ。

彼女がシンシアらしくない行動をとるたびに、こっそりときくのではなく、はっきりと指摘するべきだった。そうすれば、何週間も前に誤解を解くことができただろう。悲しまずにすんだだろう。だが、歓《よろこ》びや情熱を経験する機会も逸しただろう。

僕は事実を明らかにしたくなかったのだ。自分の腕のなかにいるやさしい女性を手放したくなかったのだ。彼女と暮らす日々は今までの生活よりもはるかによかった。初めて人生を楽しみたいと思った。

なのに、なぜエイドリアンを追いだした？

ウィルはクローゼットから出てベッドに座りこんだ。何もかもめちゃくちゃにしてしまったが、どうしたら修復できるのかわからない。すぐにミルウォーキー行きの飛行機を予約してエイドリアンの家に行っても、目の前でドアを閉められるだけだ。

ウィルが体を動かした拍子に、郵便物が一通、床に滑り落ちた。反射的にかがみこんでそれを拾いあげた。パーティーの招待状のようだが、出席するつもりはない。喪中なのだから、今度の休暇は社交的な行事に参加しなくてもかまわないだろう。

封筒を開けると、それは年に一度行われる〝トレンド・ネクスト・ファッションショー〟の招待状だった。ベッドに放り投げたとき、細長い紙切れがゆっくりと床に落ちていった。興味をそそられてウィルはそれを拾いあげた。

〝やむをえない事情でニック・マテオは今回のショーに参加できなくなりました。代わりにデザイナーのエイドリアン・ロックハートが参加いたします〟

ウィルはぽかんと口を開けた。こんなに早くエイドリアンが戻ってくるとは思いもしなかった。しかも、〝トレンド・ネクスト・ファッションショー〟に参加するとは……。これは彼女にとって絶好のチャンスだ。僕にとっても。ウィスコンシンに行くのはやめよう。ファッションショーまであと数日しかないから、彼女は仕事に集中しなければならない。

だが、ファッションショーのあとは……。

13

「だめよ、そのベルトじゃないわ！」

エイドリアンは人混みをかき分けて一列に並んでいるモデルのところへ飛んでいった。ひとりのモデルがつけているベルトを引き抜き、ワイン色の革で作られた幅広のベルトに取り替えると、一歩下がってほっとしたようにため息をついた。

もう三時間以上も混乱状態が続いている。モデルは髪を整えて化粧をしてもらい、指定された服をつけなければならない。エイドリアンはそれぞれの服にふさわしいアクセサリーが使われているかどうか確認した。彼女のコレクションが紹介されるのは最後なので、ほかのデザイナーがショーに取り組む様子は見てきたけれど、なかなか心の準備ができない。

「みなさん、用意はいいですか？」

二週間、ろくに食事もとらず、ほとんど寝ていないので、エイドリアンは自分が自分でないような気がした。けれど、準備ができていようといまいと、チャンスはやってきた。

これから一時間あまり、無事に切り抜けることができたら、一週間眠り続けて不足分を取り戻すことができる。

「ミス・ロックハート、出番ですよ」進行係がエイドリアンにマイクを渡した。「がんばって」

エイドリアンは深呼吸をすると、ブラウンの革のスカートとモスグリーンのブラウスのしわを伸ばしてからランウェイに出ていった。

観客の顔はほとんど見えない。舞台照明が明るいので目が慣れるまで時間がかかった。拍手がなかったら客席には五人しかいないと思ったかもしれない。

ようやく拍手が鳴りやんだので、エイドリアンはマイクを口もとに持っていった。「みなさま、こんばんは。エイドリアン・ロックハートです。今夜はみなさまに私の作品を見ていただくことができて、本当にうれしいです。今回のコレクションは、私がニューヨークで過ごした最後の数カ月間の出来事にヒントを得て作られたものです。新聞記事を読んだ方は私の名前に覚えがあるかもしれませんが、そうでない方のために少し説明させてください。私は九死に一生を得て、今までとは違う顔になり、記憶を失い、ある人を愛し、その愛も消え去り、最後に自分とデザインに対する情熱を取り戻しました。マンハッタンは人を夢中にさせるすてきな街です。今夜、その魅力をこのステージで再現いたします。みなさまに楽しんでいただけたら幸いです」

エイドリアンは手を振りながら向きを変え、ランウェイから引っこんだ。裏方にマイクを渡すと、彼女がショーのために選んだ曲が流れはじめた。

エイドリアンは舞台裏のモニターでショーの様子を見守った。つぎつぎにモデルが彼女の服を披露していく。それはさまざまな色彩や素材や布地のパレードで、まさに彼女の血と汗と涙の結晶だった。

ついにフィナーレを飾るイブニングドレスが登場した。ブルーグレーのオーガンザを使ったワンショルダーのドレスは、快気祝いのパーティーで着たグリーンのドレスよりもはるかにすばらしいものだ。片方の肩からギャザーを寄せた生地が垂れ下がって上半身を包みこみ、腰骨のあたりから広がってゆったりとしたスカートになる。このドレスのためにわざとふっくら体型のモデルを選んだ。これを着こなすには胸のふくらみと腰の張りが必要だからだ。

ブルーグレーのドレスがランウェイから引っこむと、ほかのモデルが全員、最後のウォーキングのために並んだ。

「みなさん、拍手とスマイルを忘れずに」ランウェイに向かいはじめたモデルに向かって進行係が言った。「あなたもよ」エイドリアンに声をかけた。

彼女は晴れやかな笑みを浮かべてイブニングドレスのあとからついていったが、嵐のような拍手喝采に思わずあとずさりしそうになった。ステージの照明が明るいし、絶えずフラッシュが光っているので、観客の顔は見えないけれど、客席から耳をつんざくような音が押し寄せてくる。

これこそまさに人生最高の瞬間。エイドリアンの目に涙がこみあげてきた。彼女はランウェイの先端で立ちどまり、会釈をして観客に投げキスをした。モデルのあとから舞台裏に戻ろうと向きを変えたとき、最前列に見覚えのある人がいるような気がした。

それは願望的思考にすぎない。この瞬間をウィルと分かちあいたいと思っているから、ほかの男性を彼と見間違えたのだろう。ウィルがファッションショーの客席の最前列に座っているはずがない。

エイドリアンは舞台裏に向かい、今日の喜びに注意を傾けようとした。ウィルを見たと勘違いして、ふさぎこんだり、このすばらしいひとときをだいなしにしたりするつもりはない。

幸い、舞台裏は混乱状態だったので、余計なことを考える余裕はなかった。モデルやデザイナーが駆けまわり、報道関係者や観客が舞台裏までやってきて話をしている。エイドリアンは誰かがそばにいてくれたらと思った。グウェンは仕事だし、デンプシー夫妻を招待するのも気まずかった。ほかにすることもないので、エイドリアンはモデルの着替えを手伝い、自分の作品を片づけはじめた。

途中で何度か報道関係者の質問を受けた。写真を撮らせてほしいという要請もあったので、ひとりでポーズをとったり、まだエイドリアンの服を着ているモデルと一緒に撮ってもらったりした。

ほどなくあたりは静かになり、モデルや報道関係者は引きあげ、デザイナーや制作スタッフも散り散りになっていった。エイドリアンは衣装用トランクのファスナーを閉め、アクセサリー類を袋に入れた。

「エイドリアン?」女性の声が聞こえたので、エイドリアンは振り返った。ダーリーン・デンプシーだった。

ダーリーンが近づいてくると、エイドリアンは迷わずに彼女を抱きしめた。「すばらしい機会を与えてくださって本当にありがとう」

「こちらこそお礼を言わなくては。四人目のデザイナーにキャンセルされたとき、どうしたらいいのかわからなかったの。あなたのおかげで助かったし、もちろん期待も裏切られなかったわ。四人のなかでいちばんよかったんじゃないかしら」

「本当に?」

「うちの社長と話したのだけれど、三月号にあなたのコレクションを特集することにしたわ。あのレザーの服もよかったし、ブルーグレーのイブニングドレスはすばらしかったわよ」

エイドリアンはぽかんと口を開けた。「本気でおっしゃっているの?」

「もちろん本気よ。あれはずば抜けていたわ。今週ずっとマンハッタンにいられるなら、撮影会の準備をさせるけど」

「わかったわ」エイドリアンはグウェンのところに泊まっていて、二、三日、ニューヨークをぶらぶらする予定だった。

エイドリアンはダーリーンに携帯電話の番号が書かれた真新しい名刺を渡した。「私がニューヨークにいるあいだは、ここにかけて」

「明日、電話するわ。今夜は街に繰りだして楽しみなさい。がんばった自分にご褒美をあげて」

ダーリーンの姿が見えなくなったとたん、エイドリアンは近くの椅子に座りこんだ。心身ともに疲れきっているけれど、そんなことはどうでもいい。本当に私には成功する才能があるのだ。ときどき自信がなくなるけれど、ダーリーンの言葉を聞いて確信を持つことができた。

これは私にとって運命の逆転なのかもしれない。またブティックを開店する余裕はないけれど、ウェブサイトを立ちあげてもいいし、コマーシャルの撮影会に使ってくれそうなスタイリストに私の作品を送ってもいい。それがうまくいったら、また通りに面した場所に店を構えることを考えてもいい。

「近いうちにマンハッタンで開店するつもりなのかな?」聞き覚えのある声が耳に飛びこ

んできた。

　また頭がおかしくなっているんだわ。最初は観客のなかにウィルの姿が見え、今度は彼の声が聞こえるなんて。このぶんでは彼を忘れるには思った以上に時間がかかりそうだ。エイドリアンは椅子に座ったまま振り返り、返事をしようとしてすぐにやめた。

　彼女は頭がおかしいわけではない。三メートルほど離れたところに立っているのは本当にウィルだ。いつものスーツ姿ではなく、ジーンズをはいてボタンダウンのシャツとレザージャケットを着ている。その顔に怒りの表情はなく、手にはピンクの薔薇《ばら》の花束が握られている。

「いいえ」エイドリアンは立ちあがってウィルと向かいあった。「このショーは成功したけど、これで注文が来なければ、一セントも稼げないのよ。とても開店する余裕なんてないわ」

「残念だな。いい賃貸物件を持っている男を知っているんだけど。きみにその気があるなら、たぶん格安で貸してくれるんじゃないかな」

　本当にウィルは不動産情報を知らせるためにわざわざここまでやってきたのかしら？　どうやら薔薇にはたいした意味はないらしい。私がデザイナーとしてデビューしたことに対するお祝いなのだろう。

「どれくらい安いの？」

「無料だ」

「無料の物件なんてないわ」

「本当に無料なんだよ。付帯条件はいっさいなし」

ウィルはふざけている。エイドリアンはいら立った。「なぜその人はそんなことをするの？」

「そいつは金が欲しいわけじゃない。きみの身に起きたことに同情しているんだ」

エイドリアンは腕を組んだ。「おかげさまですべてうまくいっているの。初めてファッションショーに作品を出したわ。『トレンド・ナウ』誌で特集も組まれるの。仕事は順調よ。だから〝そいつ〟に言ってちょうだい。同情なんかしないで、と。自力で開店する余裕ができたら物件を探すわ」

エイドリアンが急に怒りだしたので、ウィルは目を丸くし顔をしかめた。「ショーの前に言ったね。きみはある人を愛し、その愛は消え去ったと」

その話をしたとき、観客のなかにウィルがいるとは思っていなかった。本当は今でも彼を愛している。手を伸ばして彼の額に落ちている髪を払いのけたい。彼の胸に顔を埋《うず》めて、二度と私を放すことができないよう思いきりしがみつきたい。けれど、最後に嘘《うそ》偽りのない気持ちをぶつけたとき、ウィルは私の心を踏みにじったのだ。

「それで？」エイドリアンは挑戦的に言った。

「それで」ウィルは二、三歩前に進みでた。「あれは本当なのかどうか知りたいんだ。僕に対する愛は消え去ったのか？」

エイドリアンは精いっぱい反抗的な表情を浮かべ、ぷいと顔をあげた。またはねつけられるだけなのに、ウィルの胸に飛びこんで愛を告白するつもりはない。「本当よ」彼女は嘘をついた。「もうあなたのことなんか愛していないわ、ウィル・テーラー」


ウィルはつい顔がほころびそうになるのをこらえた。あの日、病室を出るとき、僕は嘘をついた。エイドリアンは芝居が下手だ。嘘をつけない性分だし、まして二カ月間も記憶喪失を装うことなどできない。僕が非難したような詐欺師ではないのだ。

だが今、エイドリアンは嘘をついている。彼女は今でも僕を愛しているのに、認めようとしない。それももっともだ。僕は彼女を傷つけ、彼女の信頼を裏切った。愛されなくても当然だが、やはり愛されたい。なんとしても彼女に認めさせなくては。

「そんなふうに思っているなんて残念だ」

「あなたは私の心をずたずたに引き裂いたのよ。また同じ目に遭うのはごめんだわ」エイドリアンの声はかすかに震えている。

ウィルはうなずいた。「僕が壊したものを修復したいんだが、きみにその気がないなら、それでいい。だが、残念だな」そう言いながら少し引き下がった。

「どうして?」エイドリアンは前に進みでた。

「そいつは親しくしている不動産開発業者からある物件を買わされたんだが、貸す相手についてはうるさいんだ。今、ある女性に夢中なんだけど、彼女がその店もそいつもいらないとなったら、若者向けのアウトレット店に貸すしかなくなるだろうな」

「だめよ!」エイドリアンは慌てふためいて叫んだ。

「だめって、何が?」彼女の顔に浮かぶ見せかけの厳《いか》めしい表情が崩れるのを見て、ウィルはなおも言う。「〝だめ、私がそのお店を借りるわ〟ということ? それとも、〝だめ、私が欲しいのはあなたなの〟ということ? それとも、〝だめ、チェーンストアなんかに貸さないで〟ということかな?」

これ以上抵抗できなくなり、エイドリアンはうなずいた。「全部よ」

ウィルはゆっくりと近づいて花束を差しだした。「きみのために持ってきたんだ」

エイドリアンは花束を受け取り、芳《かぐわ》しい薔薇の香りを深く吸いこんだ。「ありがとう」

「ひどい態度をとってすまなかった。きみを信じなくて。この問題にどう対処したらいいのか、きみとシンシアに対する気持ちをどう整理したらいいのかわからなくて、八つ当たりしてしまったんだ」

エイドリアンはウィルを見あげた。その表情は屈託がないが、彼の言葉を頭から信じているわけではないようだ。薔薇の花束はいいアイデアだが、かならずしも彼が期待している効果は出ていないらしい。

「この前、ジョージが社に来て、電子書籍リーダーの契約に合意してくれた。何年もかけてやっとこの話がまとまったんだが、あの瞬間をきみと分かちあえなかったからなんの意味もなかった。シンシアとじゃない。きみとだよ、エイドリアン。こんな短いあいだに、きみは僕にとって何よりも、誰よりも大切な存在になってしまったんだ」

エイドリアンは何も言わずに目を伏せた。薔薇の花束を強く握りしめているので、指の関節が白く浮きあがっている。

ウィルはさらに近づいてやさしく彼女の腕をつかんだ。「僕はきみにひどいことをした。許してもらえなくても当然だ。それでもどうか許してほしい。なぜならきみを愛しているからだ、エイドリアン。今まで誰にもこんな気持ちになったことはない。正直に言うと、怖いくらいだ。だが、きみのいないこの数週間は、自分の一部が欠けているような気がした。僕が何もかもぶち壊してしまったなら、きみを自分のものにできなくても仕方ないが、きみに憎まれるのは耐えられないんだ」

ウィルはエイドリアンの顔を上に向かせたが、グリーンゴールドの瞳に涙があふれている。

「憎んでなんかいないわ」

「今でも僕を愛しているのか?」

「ええ」エイドリアンがうなずいた拍子に涙が頬を流れ落ちた。「愛しているわ」

ウィルはエイドリアンの手から薔薇を取って近くの化粧テーブルに放り、彼女を思いきり抱きしめた。

「取り返しのつかない状態にならなくて本当によかった」ウィルは身を引いた。「だけど、少し期待もしていたから、万が一に備えてこれを持ってきた」

ウィルはポケットから箱を取りだし、ゆっくりとエイドリアンの前で片膝をついた。

ウィルは箱を差しだす。「さあ、開けて」

エイドリアンは震える手を伸ばして箱を受け取った。箱が開いたのと同時に、口も開いた。

「あの指輪じゃないのね」彼女は顔をしかめた。

そのとおり。ほかの人のために作らせた指輪をエイドリアンに贈るのは間違っている。

そこでウィルはひいきにしている宝飾店に行き、エイドリアンのために新しい指輪を作らせたのだった。

それはプラチナの台座に二カラットのオーバルカットのピンクサファイアと、そのまわりにラウンドカットのダイヤモンドをあしらったものだ。

「シンシアの指輪は大きくて派手だった。きみに贈る指輪はありきたりのものではなく、美しくてすてきなものにしたかったんだ。きみのように」

ウィルは箱から指輪を取りだしてエイドリアンの指にはめた。指輪はぴったりだった。

「きみは僕の世界をすっかり変えてしまった。きみが現れる前、僕は人生の半分しか生きていなかった。毎日、型どおりのことをしているだけだった。幸せになりたいという気持ちもなくしていた。だが、それは間違っていたんだ。人生にはもっといろいろなことがあると、きみは教えてくれた。きみのおかげで、もっといろいろなことをしたい、経験したいと思うようになった。それを続けていきたいんだ。これからもずっと。結婚してくれ、エイドリアン」

エイドリアンもひざまずいた。彼女の視線は指輪とウィルの顔のあいだを行ったり来たりしている。「とってもすてきだわ。なんと言ったらいいのか」

ウィルはにっこりして彼女の手を取った。「〝はい〟と言ってくれさえすればいいんだよ」

「はい！」エイドリアンは彼の胸に飛びこんだ。

いきなり飛びつかれたのでウィルはバランスを崩し、エイドリアンを上にのせたままコンクリートの床に倒れこんだ。

ウィルの上にまたがる格好になったエイドリアンは、かがみこんで熱いキスをした。ウィルは彼女の体に腕をまわしてしっかりと抱きしめる。

ようやく唇を離すと、ウィルは荒い息をしながら燃え盛る情熱を冷ました。今は新しいフィアンセにしたいと思っていることをすべてするときではないし、ここはそういう場所でもない。

そのとき、エイドリアンがくすくす笑いはじめた。

「どうしたんだ？」ウィルはきいた。

「私たち、結婚するのね」

「ああ」ウィルは体を起こし、エイドリアンを膝にのせたまま床に座った。「つまり、きみがニューヨークに戻ってきて僕と暮らすということだろう？」

「家に帰って少し片づけなければならないことがあるけれど、それほど時間はかからないでしょう。でも、本当にこっちに戻るなら、新生活と過去とを切り離して一からやり直したいわ。だから住まいも新しくしたほうがいいんじゃないかしら？」

「いいとも」ウィルはほほえんだ。

「新しい家具を買ってもいい？　つまり……よくわからないけれど……」

「わかってるよ」ウィルは声をたてて笑った。今のアパートメントにあるものはほとんど気に入らないのだ。「室内装飾も一からやり直しだな。遺品売却セールをして、必要なものだけ残しておこう」

「たとえば、ミシンがそうね」エイドリアンは満面に笑みを浮かべた。「あとひとつ、話しあわなければいけないことがあるわ」

「ああ……来たな。結婚式のプラン作りだろう？　ばか騒ぎの始まりだ」

エイドリアンが結婚式でどんなドレスを着るのかウィルにはわからなかったが、変わったものになるのは確かだ。ふたりの人生も変わったものになるだろう。すばらしいものに。そして刺激的なものに。

「きみの望みはなんだってかなえるよ。南米のピンクの薔薇を全部買いしめてもいい」

エイドリアンは恥ずかしそうにほほえんだ。「ありがとう。でも、そのことじゃないの」

ウィルは眉を吊《つ》りあげた。「それで、結婚式のプランよりもっと大事なことというのは？」

「さっき私の新しいブティックにぴったりの無料の物件があると言っていなかったかしら？」

エピローグ

『デイリー・オブザーバー』紙
社交界欄担当アナベル・リード＝グラハム
十月二十日土曜日セントラルパークにて

読者のみなさまも昨年、繰り広げられたドラマさながらの出来事に注目していたことでしょう。それは当社CEOウィリアム・リース・テーラー三世と才能豊かなファッションデザイナー、エイドリアン・ロックハートのロマンスです。ふたりの紆余曲折《うよきよくせつ》を知る私は個人的に声援を送っていましたので、昨年十二月のプロポーズのときと同様、婚約発表の記事も興奮しながら書きました。その後、首を長くして待っていたところ、ついに先週末、内輪だけの秋の結婚式に出席する機会を得ました。

〈プラザ・ホテル〉で行われる大規模な結婚式を予想していた方は驚かれることでしょう。新婦のファンキーなファッションセンスと自由な精神はよく知られていますが、どのようなイベントになるのか、誰も確かなところは知りませんでした。ピンクのウエディングドレスになるだろうとか、屋根の上で式を挙げるだろうとか、あれこれ想像する人もいましたが、すべて当たっていませんでした。けっきょく、伝統的な結婚式の形になりましたが、あちこちに工夫が凝らされた特別なものでした。

式が執り行われたのはセントラルパークのシェイクスピア・ガーデン、百名以下のごく親しい友人や親族が見守るなか、新郎新婦は誓いの言葉を交わしました。新婦の登場を待つあいだ、式場には弦楽四重奏団が演奏するセレナーデが流れていました。

驚いたことに、花嫁とともに通路を歩いてきたのは〈デンプシー・コーポレーション〉の社長、故シンシア・デンプシーの父ジョージ・デンプシー。自らがデザインした象牙色のサテンとオーガンザのドレスを着た新婦は、息をのむほどの美しさです。肩紐《かたひも》のないドレスは上半身がコルセットのような形で、生地に縫いつけられた真珠とゴールドやシルバーのクリスタルガラスが渦巻き模様を描いています。ゆったりとしたスカートは動くたびにさらさらと音をたてます。よく見ると、ドレスの下からのぞいているのは象牙色のサンダルです。

花はニューヨークのフローリスト〈チェストナッツ・イン・ザ・チェイルリー〉が担当。花嫁のブーケはピンクの縁がついた白薔薇《ばら》と中心部がピンクの舌切草《したきそう》を束ねたものです。茎に結ばれたピンクのリボンは新婦のつき添い役のドレスと同色。つき添い役のミス・グウェンドリン・ライトは新婦の友人で、一年前の悲惨な飛行機事故のあと、新婦が入院した病院の看護師です。

新郎とつき添い役のアレクサンダー・スタントンもアルマーニのタキシードに身を包み、とても魅力的でした。新郎にはまったく緊張している様子はありません。それどころか、花びらがまき散らされた通路を歩いてくる新婦を一心不乱に見つめ、参列者が家に帰っても気がつかないのではないかと思えるほどでした。

白い紫陽花《あじさい》やピンクと白の薔薇を編みこんだアーチの下で、新郎新婦は自分たちだけの特別な誓いの言葉を交わしました。

式後、参列者は馬車に乗ってセントラルパークを一周し、披露宴会場の〈ロブ・ボートハウス〉へ向かいました。そこで、まず〝裸足の花嫁《ベアフット・ブライド》〟というカクテルを飲みながら、ミニハンバーガー、スプーンに盛りつけたマカロニグラタン、ショットグラスに差したミニコーンドッグといったおもしろい料理を楽しみました。

〈ロブ・ボートハウス〉の内部には温かみを感じさせる木材が使われ、クリーム色とピンクとゴールドを使った装飾と完璧に調和しています。各テーブルにかけられているのは特注のピンクのクロスで、新婦のドレスと同様、小さな真珠とクリスタルを使った渦巻き模様の刺繍《ししゅう》が施されています。テーブルに置かれた白いろうそくの光が、一メートル以上もの高さがある花瓶にあふれんばかりに生けられた薔薇や百合《ゆり》や紫陽花の美しさを際立たせています。

新郎新婦が〈ロブ・ボートハウス〉に到着すると、ファスナー・ベリーの《ネバー・キャン・テル》が演奏され、新郎新婦は元気よくファーストダンスを踊りはじめました。その後、新郎新婦のつき添い役もダンスフロアに出てきました。音楽のテンポが遅くなったとき、私はつき添い役ふたりのあいだに漂うロマンティックな雰囲気に気づき、目が離せなくなりました。というのも、新郎のつき添い役は名うてのプレイボーイなのです。

しばらくダンスが続いたあと、食通をうならせるような料理がふるまわれました。苺《いちご》とほうれん草のサラダ、メロンの冷製スープ、ヒレステーキのシュリンプとマッシュポテトとアスパラガス添え。

食後、かすかに光る紫のカクテルドレスに着替えた新婦が再登場すると、招待客は夜がふけるまで踊り続けました。カクテルの名前どおり、花嫁もほかの女性たちも靴を脱ぎ捨て、裸足《はだし》で白いダンスフロアを動きまわっていました。

会もお開きになるころ、引出物として女性たちにエイドリアン・ロックハート手作りのシルクの巾着型バッグ、男性には刺繍《ししゅう》入りハンカチが贈られました。添えられていたカードには、〈トレンド・ネクスト財団〉に参列者全員の名前で寄付されたことが記載されていました。この財団は昨年、新婦にファッションデザイナーとして華々しい第一歩を踏みだすきっかけを与えました。

帰り際、私は幸せなカップルと話す機会を得ました。すべての新郎新婦にたずねるように、ふたりにもこれからの人生に何を願うかききました。

「私の願いは、これから五十年間、今と同じように、幸せで愛に満ちた日々を過ごすことです」新婦が答えました。

「六十年にしてくれないか」新郎はそう言ったかと思うと新婦を抱き寄せ、見ているほうが恥ずかしくなるような熱いキスをしたのです。

花火がきらめくなか、新郎と新婦を乗せた馬車が〈ロブ・ボートハウス〉から離れていくとき、私は思わず涙ぐんでしまいました。ウィリアム・リース・テーラー三世夫妻の幸せが永遠に続くことを心よりお祈りいたします。

●本書は2013年10月に小社より刊行された作品を文庫化したものです。

愛を忘れた氷の女王

2024年3月1日発行　第1刷

著　者　アンドレア・ローレンス

訳　者　大谷真理子（おおたに　まりこ）

発行人　鈴木幸辰

発行所　株式会社ハーパーコリンズ・ジャパン
東京都千代田区大手町1-5-1
04-2951-2000（注文）
0570-008091（読者サービス係）

印刷・製本　中央精版印刷株式会社

定価はカバーに表示してあります。
 ISBN978-4-596-53639-6

3月2日
発売

ハーレクイン・シリーズ 3月5日刊

ハーレクイン・ロマンス

愛の激しさを知る

イタリア富豪と最後の蜜月　ジュリア・ジェイムズ／上田なつき 訳
《純潔のシンデレラ》

愛されない花嫁の愛し子　アニー・ウエスト／柚野木　菫 訳
《純潔のシンデレラ》

愛と気づくまで　ロビン・ドナルド／森島小百合 訳
《伝説の名作選》

未熟な花嫁　リン・グレアム／茅野久枝 訳
《伝説の名作選》

ハーレクイン・イマージュ

ピュアな思いに満たされる

偽りの薬指と小さな命　クリスティン・リマー／川合りりこ 訳

パリがくれた最後の恋　ルーシー・ゴードン／秋庭葉瑠 訳
《至福の名作選》

ハーレクイン・マスターピース

世界に愛された作家たち
～永久不滅の銘作コレクション～

裁きの日　ペニー・ジョーダン／小林町子 訳
《特選ペニー・ジョーダン》

ハーレクイン・ヒストリカル・スペシャル

華やかなりし時代へ誘う

ハイランダーの花嫁の秘密　テリー・ブリズビン／深山ちひろ 訳

運命の逆転　ポーラ・マーシャル／横山あつ子 訳

ハーレクイン・プレゼンツ作家シリーズ別冊

魅惑のテーマが光る極上セレクション

愛の使者のために　エマ・ダーシー／藤峰みちか 訳

3月16日
発売

ハーレクイン・シリーズ 3月20日刊

ハーレクイン・ロマンス

愛の激しさを知る

富豪とベビーと無垢な薔薇　マヤ・ブレイク／西江璃子 訳

逃げた花嫁と授かった宝物　タラ・パミー／児玉みずうみ 訳
《純潔のシンデレラ》

入江のざわめき　ヘレン・ビアンチン／古澤　紅 訳
《伝説の名作選》

億万長者の小さな天使　メイシー・イエーツ／中村美穂 訳
《伝説の名作選》

ハーレクイン・イマージュ

ピュアな思いに満たされる

愛の証をフィレンツェに　ティナ・ベケット／神鳥奈穂子 訳

夏草のメルヘン　シャーロット・ラム／藤波耕代 訳
《至福の名作選》

ハーレクイン・マスターピース

世界に愛された作家たち
〜永久不滅の銘作コレクション〜

恋の後遺症　ベティ・ニールズ／麦田あかり 訳
《ベティ・ニールズ・コレクション》

ハーレクイン・プレゼンツ作家シリーズ別冊

魅惑のテーマが光る極上セレクション

運命の夜に　ミランダ・リー／シュカートゆう子 訳

ハーレクイン・スペシャル・アンソロジー

小さな愛のドラマを花束にして…

もしも白鳥になれたなら　ベティ・ニールズ他／麦田あかり他 訳
《スター作家傑作選》

2024年は、ハーレクイン
日本創刊45周年！
Harlequin 45th Anniversary
重鎮作家・特別企画が彩る、
記念すべき1年間をどうぞお楽しみください。
公爵の許嫁は孤独なメイド
パーカー・J・コール
灰かぶり娘と公爵家子息の
“友情”が、永遠の愛に
昇華するはずもなく――
公爵の許嫁は孤独なメイド
幸せをさがして
ベティ・ニールズ
可哀想ヒロイン決定版！意地悪な継母、
大好きな彼さえつれなくて。
幸せをさがして
ベティ・ニールズ
45周年特選1 ベティ・ニールズ
スター作家傑作選
～傲慢と無垢の尊き愛～
ペニー・ジョーダン 他
純真な乙女と王侯貴族の華麗な恋模様――
愛と運命のロイヤル・アンソロジー！
傲慢と無垢の尊き愛

ハーレクイン文庫

「誘惑の千一夜」

リン・グレアム／霜月　桂　訳

家族を貧困から救うため、冷徹な皇太子ラシッドとの愛なき結婚に応じたポリー。しきたりに縛られながらも次第に夫に惹かれてゆくが、愛人がいると聞いて失意のどん底へ。

「秘書と結婚？」

ジェシカ・スティール／愛甲　玲　訳

大企業の取締役ジョエルの個人秘書になったチェズニー。青い瞳の魅惑的な彼にたちまち惹かれ、ある日、なんと彼に2年間の期限付きの結婚を持ちかけられる！

「潮風のラプソディー」

ロビン・ドナルド／塚田由美子　訳

ギリシア人富豪アレックスと結婚した17歳のアンバー。だが夫の愛人の存在に絶望し、妊娠を隠して家を出た。9年後、息子と暮らす彼女の前に夫が現れ2人を連れ去る！

「甘い果実」

ペニー・ジョーダン／田村たつ子　訳

婚約者を亡くし、もう誰も愛さないと心に誓うサラ。だが転居先の隣人の大富豪ジョナスに激しく惹かれて純潔を捧げてしまい、怖くなって彼を避けるが、妊娠が判明する。

「魔法が解けた朝に」

ジュリア・ジェイムズ／鈴木けい　訳

大富豪アレクシーズに連れられてギリシアへ来たキャリー。彼に花嫁候補を退けるための道具にされているとは知らない彼女は、言葉もわからず孤立。やがて妊娠して…。

「打ち明けられない恋心」

ベティ・ニールズ／後藤美香　訳

看護師のセリーナは入院患者に求婚されオランダに渡ったあと、裏切られた。すると彼の従兄のオランダ人医師ヘイスに結婚を提案される。彼は私を愛していないのに。

ハーレクイン文庫

「忘れられた愛の夜」

ルーシー・ゴードン／杉本ユミ　訳

重い病の娘の手術費に困り、忘れえぬ一夜を共にした億万長者ジョーダンを訪ねたベロニカ。娘はあなたの子だと告げたが、非情にも彼は身に覚えがないと吐き捨て…。

「初恋は切なくて」

ダイアナ・パーマー／古都まい子　訳

義理のいとこマットへの片想いに終止符を打つため、故郷を離れてNYで就職先を見つけたキャサリン。だが彼は猛反対したあげく、支配しないでと抗う彼女の唇を奪い…。

「華やかな情事」

シャロン・ケンドリック／有森ジュン　訳

一方的に別れを告げてギリシアに戻った元恋人キュロスと再会したアリス。彼のたくましく野性的な風貌は昔のまま。彼女の心はかき乱され、その魅力に抗えなかった…。

「記憶の中のきみへ」

アニー・ウエスト／柿原日出子　訳

イタリア人伯爵アレッサンドロと恋に落ちたあと、あっけなく捨てられたカリス。2年後、ひそかに彼の子を育てる彼女の前に伯爵が現れる。愛の記憶を失って。

「情熱を捧げた夜」

ケイト・ウォーカー／春野ひろこ　訳

父を助けるため好色なギリシア人富豪と結婚するほかないスカイ。挙式前夜、酔っぱらいから救ってくれた男性に純潔を捧げる——彼が結婚相手の息子とも知らず。

「やどりぎの下のキス」

ベティ・ニールズ／南　あさこ　訳

病院の電話交換手エミーは高名なオランダ人医師ルエルドに書類を届けたが、冷たくされてしょんぼり。その後、何度も彼に助けられて恋心を抱くが、彼には婚約者がいて…。

ハーレクイン文庫

「身代わりのシンデレラ」

エマ・ダーシー／柿沼摩耶　訳

自動車事故に遭ったジェニーは、同乗して亡くなった友人と取り違えられ、友人の身内のイタリア大富豪ダンテに連れ去られる。彼の狙いを知らぬまま美しく変身すると…？

「条件つきの結婚」

リン・グレアム／槙　由子　訳

大富豪セザリオの屋敷で働く父が窃盗に関与したと知って赦しを請うたジェシカは、彼から条件つきの結婚を迫られる。「子作りに同意すれば、2年以内に解放してやろう」

「非情なプロポーズ」

キャサリン・スペンサー／春野ひろこ　訳

ステファニーは息子と訪れた避暑地で、10年前に純潔を捧げた元恋人の大富豪マテオと思いがけず再会。実は家族にさえ秘密にしていた――彼が息子の父親であることを！

「ハロー、マイ・ラヴ」

ジェシカ・スティール／田村たつ子　訳

パーティになじめず逃れた寝室で眠り込んだホイットニー。目覚めると隣に肌もあらわな大富豪スローンが！　関係を誤解され婚約破棄となった彼のフィアンセ役を命じられ…。

「結婚という名の悲劇」

サラ・モーガン／新井ひろみ　訳

3年前フィアはイタリア人実業家サントと一夜を共にし、妊娠した。息子の存在を知った彼の脅しのような求婚は屈辱だったが、フィアは今も彼に惹かれていた。

「情熱を知った夜」

キム・ローレンス／田村たつ子　訳

地味な秘書ベスは愛しのボスに別の女性へ贈る婚約指輪を取りに行かされる。折しも弟の結婚に反対のテオが、ベスを美女に仕立てて弟の気を引こうと企て…。